國家圖書館藏《古歌謡殘稿》

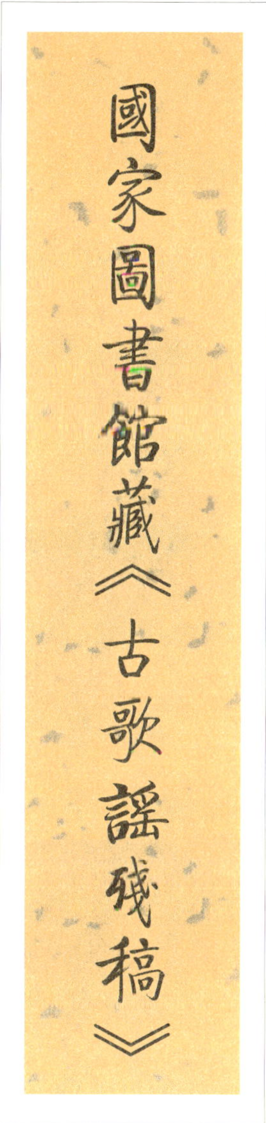

〔明〕范欽 輯

中華書局

圖書在版編目 (CIP) 數據

國家圖書館藏《古歌謡殘稿》/(明)范欽輯. —
北京: 中華書局, 2016.1
ISBN 978-7-101-11285-6

Ⅰ. 國… Ⅱ. 范… Ⅲ. ①民歌—彙編—中國—古代②諺語—彙編—中國—古代 Ⅳ. ① I276.2 ② I276.7

中國版本圖書館 CIP 數據核字 (2015) 第 237738 號

責任編輯: 徐 蜀 靳艷君
封面設計: 蔡立國

微信

新浪微博

國家圖書館藏《古歌謡殘稿》
〔明〕范 欽 輯
*
中 華 書 局 出 版 發 行
(北京市豐臺區太平橋西里 38 號 100073)
http://www.zhbc.com.cn
E-mail:zhbc@zhbc.com.cn
三河市百福春印刷有限公司印刷
*
889×1194 毫米 1/16 · 26 7/8 印張
2016 年 1 月北京第 1 版 2016 年 1 月三河第 1 次印刷
定價: 980.00 元

ISBN 978-7-101-11285-6

出版説明

歌、謡、諺語，是人類智慧的結晶、表情達意之載體，亦如《詩・魏風・園有桃》所言：「心之憂矣，我歌且謡。」歌者，詠也；合樂爲歌，徒歌爲謡。諺語，廣泛流傳於民間的言簡意賅的短語，較之歌、謡，更重實踐經驗的總結，諸如「清明前後，栽瓜種豆」、「燕子外逃，地旱天乾」之類。歷經時代變遷，此許棲息於經典著述中的歌、謡、諺語得以保存，但鮮少獨立成册，其價值更待發掘。正鑒於此，范欽於古書中勾稽索隱，筆耕不輟，終成歌謡集一部，以饗世人。

范欽（一五〇六——一五八五），字堯卿，一作安欽，號東明，明嘉靖十一年（一五三二）舉進士，曾官至兵部右侍郎，辭不赴，後乞身以還，歸故里。范欽一生，酷愛典籍，每至一地，必搜書籍，將豐坊「萬卷樓」倖存者悉收囊中，更於嘉靖末年，在月湖西畔，建藏書樓「天一閣」，取「天一生水，地六成之」之義。范欽善收藏，亦能創作，著有《天一閣集》《四明范氏書目》《煙霞小説》《撫掌録》等。

《古歌謡殘稿》，一部古時歌、謡、諺語總集，内容博采富贍，攬括散佈於《史記》《漢書》《南史》《舊唐書》《綴耕録》等典籍的原文，又將《列子》《後漢書》《水經注》《拾遺記》中相關注釋附録其後，爲後世研究者帶來極大裨益。是書體例，先以體裁爲據，分歌、謡、諺語三部；後按時間爲綱，先後排列，將本朝之作置於末端，間或夾雜著者釋義。此書編排合理，脈絡清晰，世人卒讀之餘，既能知曉明人之於古代歌、謡、諺語的態度，亦可對著者范欽的文化修養窺見一斑。

本次出版的《古歌謡殘稿》所用底本係國家圖書館藏范欽稿本，書高二十八釐米，寬一十二點八釐米，每半葉十二行，行二十字，無格。全稿字跡工整，清晰可辨，便宜閱讀。是書原稿共分四冊，每冊首葉鈐有「東莞莫氏五十萬卷樓劫後珠還之一」朱文長方印，「東莞莫伯驥所藏經籍印」白文長方印，由此可知，此稿曾被東莞莫氏收藏。藏書家莫伯驥以其五十萬卷樓藏書之富馳名海內，爲廣東近代藏書之冠，後經戰亂，多數藏書遺失，長子莫培樾幾經輾轉，購回部分遺失書籍，《古歌謠殘稿》即在其中。上世紀六十年代，經過多方努力，此稿終被國家圖書館收藏。此稿歷經磨難，終得保存，對原稿内容有所補充的簽條亦在，實屬不易。中華書局現將此稿彩色影印，書中簽條全部保留，其文獻價值和版本價值不言而喻。

服務學術是中華書局的一貫原則，願是書的出版，能夠便利讀者、嘉惠士林。

中華書局編輯部

二〇一五年十月

目録

丹鉛餘錄　也

史記產遠乃笑盛王之言為小兒先讀

歌

五帝

彈歌

吳越春秋曰越王欲謀復吳范蠡進善射者陳音音楚人也越王請音而問曰孤聞子善射道何所生音曰臣聞弩生于弓弓生於彈彈起於古之孝子不忍見父母為禽獸所食故作彈以守之歌曰劉勰云黃歌斷竹質之至也又曰斷竹黃歌乃二言之始○黃黃帝也

斷竹續竹飛土逐宍宍古肉字今吳越春秋作害非

有焱氏頌

莊子天運篇北門成問於黃帝曰帝張咸池

樂於洞庭之野丨丨帝曰天機不張而五官
皆備此之謂天樂無言而心說故有焱氏為
之頌曰
聽之不聞其聲視之不見其形充滿天地苞裹六極
註此乃無樂之
樂樂之至也
帝子皇娥歌
王子年拾遺記曰少昊以金德王母曰皇娥
處璇宮而夜織或乘桴木而晝遊經歷窮桑
滄茫之浦時有神童容貌絕俗稱為白帝之
子即太白之精降乎水際與皇娥讌戲奏㛹
娟之樂游漾忘歸帝子皇娥並坐撫桐峯梓
琴皇娥倚瑟而清歌丨丨白帝子荅歌丨丨

及皇娥生少昊號曰窮桑氏皇娥歌

天清地曠浩茫茫萬象迴薄化無方浛天蕩蕩望滄滄乘桴輕漾著日傍當期何所至窮桑心知和樂悅未央拾遺記俗謂遊樂之處爲桑中也詩云期我乎桑中蓋類此也

白帝子歌

四維八埏眇難極驅光逐影窮水域璇宮夜静當軒織桐峯文梓千尋直伐梓作器成琴瑟清歌流暢樂難極滄湄海浦來棲息

擊壤歌

帝王世紀曰帝堯之世天下太和百姓無事有八九十老人擊壤而歌風土記壤以木爲之前廣後鋭長三四寸形如履臘節童少以爲戲分部如摘摶藝經云長尺四濶三寸將戲先側一壤于地

日出[illegible]井而飲耕田而食帝何力於我哉（力於何有哉一作帝）[illegible]也 壤皷之

箕山歌

古今樂録曰許由者古之貞固之士也堯時為布衣以清節約聞於堯堯乃遣使禪為天子由喟然嘆曰匹夫結志固如磐石採山飲河所以養性非以貪天下也堯既殂落乃作箕山之歌曰（博物志曰司馬遷云無堯以天下讓許由事揚雄亦云誇大者為之）

登彼箕山兮瞻望天下（古音虎）山川麗崎萬物還普日月運照靡不記睹游放其間何所却慮（叶）嘆彼唐堯

獨自愁苦勞心九州憂勤后土謂予欽用傳禪易祖我樂何如蓋不盻顧河水流兮緣高山叶甘衣施兮葉綿蠻叶高林肅兮相錯連居此之處傲堯君叶

賡歌

虞書帝庸作歌曰勑天之命惟時惟幾乃歌曰（史記以勑天之命二句作歌辭風雅逸篇曰乃歌曰乃者繼事之辭歌已復歌曰乃）股肱喜哉元首起哉百工熈哉

皋陶拜手稽首颺言曰念哉率作興事慎乃憲欽哉屢省乃成欽哉乃賡載歌曰（賡即古文續字見[illegible]文）元首明哉股肱良哉庶事康哉

皋陶又歌曰（史記作舜又歌曰）

元首叢脞哉股肱隋哉萬事墮哉

神人暢操

古今樂録曰堯郊天地祭神座上有響誨堯曰水方至爲害命子救之堯乃作歌謝希逸琴論曰神人暢堯帝所作風俗通曰凡琴曲和樂而作命之曰暢憂愁而作命之曰操

清廟穆兮承予宗百寮肅兮于寢堂醊禱進福求年豐有響響在坐敕予爲害在玄中欽哉昊天德不隆承命任禹寫中宮堂徒紅切吳才老韻引楊謙議銘太尉在漢四世以公於陵正直僕射於唐唐可叶公則堂亦當爲此叶○害一本作害

卿雲歌三章○玉海逸詩

樂府集載尚書大傳云舜將禪禹於是俊乂

百工相和而歌卿雲帝唱之八伯咸進稽首而和帝乃再歌尚書大傳曰維五祀奏鐘石論人聲乃及鳥獸咸變於前秋養耆老春食孤子乃浡然招樂興於大麓之野報事還歸二年譈然乃作大唐之歌者二年昭然乃作知乎王世明有不世之義招為賓客而雍為主人始奏肆夏納以孝成舜為賓客而禹為主人樂正進贊曰尚考大室之義唐為虞賓至今衍於四海成禹之變垂於萬世之後帝乃唱之曰｜｜｜八伯咸進稽首曰｜｜｜帝乃載歌曰｜｜｜｜於時八風循道卿雲蕞蕤蟠龍憤信於其藏蛟龍雖踊於其淵龜龍咸出於其穴遷虞而事夏也

卿雲爛兮糺今諸本作禮誤縵縵兮日月光華旦復一作或旦兮

八伯歌

明明上天爛然星陳日月光華弘于樂書作宏予一人

帝乃載歌曰

日月有常星辰有行叶四時順經叶萬姓允誠叶於

予論樂配天之靈叶遷于賢善一作聖莫不咸聽叶襄
乎鼓之軒乎舞之菁華已竭褰裳去叶上聲之
南風以外玉海逸詩
家語曰昔者舜彈五絃之琴造南風之詩其
詩曰丨丨樂書舜歌南風而天下治太史曰
南風者生長之音也舜樂好之樂與天地同
意得萬國之驩心故天下治也
南風之薰兮可以解吾民之慍兮南風之時兮可以
阜吾民之財兮慍叶平聲財叶前西反
南風操
琴操以為舜作
反彼三山兮商岳嵯峨天降五老兮迎我來歌有黃

龍兮自出于河負書圖兮委蛇羅沙案圖觀讖兮閔天嗟嗟擊石拊韶兮淪幽洞徹鳥獸蹌蹌兮鳳凰來儀凱風自南兮喟其增悲

思親操

古今樂録曰舜遊歷山見烏飛思親而作此歌

陟彼歷山兮崔嵬有鳥翔兮高飛瞻彼鳩兮徘徊河水洋洋兮清泠深谷鳥鳴兮嚶嚶設罝張罟兮思我父母力耕日與月兮往如馳父母遠兮吾將安歸

夏

襄陵操

一曰禹上會稽書曰湯湯洪水方割蕩蕩懷山襄陵浩浩滔天古今樂録曰禹治洪水上會稽山顧而作此歌

嗚呼洪水滔天下民愁悲上帝愈咨三過吾門不入父子道衰嗟嗟不欲煩下民（古音黎）

塗山歌

吳越春秋曰禹年三十未娶行塗山恐時之暮〻其失制乃辭云吾娶也必有應矣乃有白狐九尾造於禹禹曰白者吾之服也九尾者王之證也於是塗山之人歌之禹因娶塗

山謂之女嬌

綏綏白狐九尾龐龐我家嘉兮來賓為王成子室家我〻攸昌天人之際於茲則行叶明叶矣哉

呂〻〻和曰禹年三十未要行塗山有白狐九尾造禹塗山人歌曰綏綏白狐九尾龐龐成子家室我都攸昌禹遂要之

夏人歌

韓詩外傳云桀為酒池糟隄縱靡〻之樂一鼓而牛飲者三千人群臣皆相持而歌尚書大傳曰夏人飲酒醉者持不醉者不醉者持醉者而歌曰盍歸乎薄〻亦大矣伊尹退而更曰覺兮較兮吾大命格兮去不善而從善何不樂兮薄湯之都也

覺湯先知者較直道之君也格至也[illegible]〻謂傑也

江水沛叶兮舟楫敗叶兮我王廢兮趣音從歸於薄一作亳薄亦大兮

樂兮樂兮四牡蹻叶兮六轡沃叶兮去不善而從善何不樂兮

秣金闕歌

常昭三五曆紀云闕龍逢作

秣馬金闕

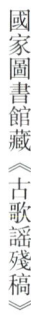

商

五子歌

皇祖有訓民可近不可下民惟邦本本固邦寧予視天下愚夫愚婦一能勝予一人三失怨豈在明不見是圖予臨兆民凜乎若朽索之御六馬為人上者柰何不敬其二曰訓有之内作色荒外作禽荒甘酒嗜音峻宇雕墻有一於此未或不忘（亡）其三曰惟彼陶唐有此冀方今失厥道（左傳作行）亂其紀綱乃底滅亡其四曰明明我祖萬邦之君有典有則詒厥子孫關石和鈞王府則[illegible]厥緒覆宗絕祀其五曰嗚呼曷歸予懷之悲萬姓仇予将疇依鬱陶乎予心顏厚有忸怩弗慎厥德雖悔可追

麥秀歌

史記云箕子過殷故墟作尚書大傳曰微子過[illegible]見麥秀之蔪蔪禾黍之蠅蠅也乃爲麥秀之歌

麥秀蔪蔪兮禾黍油油兮彼狡童兮不與我好兮 史

麥秀蔪蔪兮禾黍油油兮彼狡童兮不與我好仇 書傳

採薇歌

史記曰武王已平商亂天下宗周而伯夷叔齊恥之義不食周粟隱於首陽山採薇而食之及餓且死而作歌其辭曰 琴集作採薇操亦曰晨遊高舉

登彼西山兮採其薇矣以暴易暴兮不知其非矣神農虞夏忽焉沒兮我適安歸矣吁嗟徂兮命之衰矣

史記伯夷傳睹軼詩可異焉即此詩也

箕子操

一日箕子吟古今樂録曰紂時箕子佯狂痛宗廟之爲墟乃作此歌後傳以爲操

嗟嗟紂爲無道殺比干嗟重復嗟獨柰何漆身爲厲被髮以佯狂今柰宗廟何天乎天哉欲負石自投河嗟復嗟柰社稷何

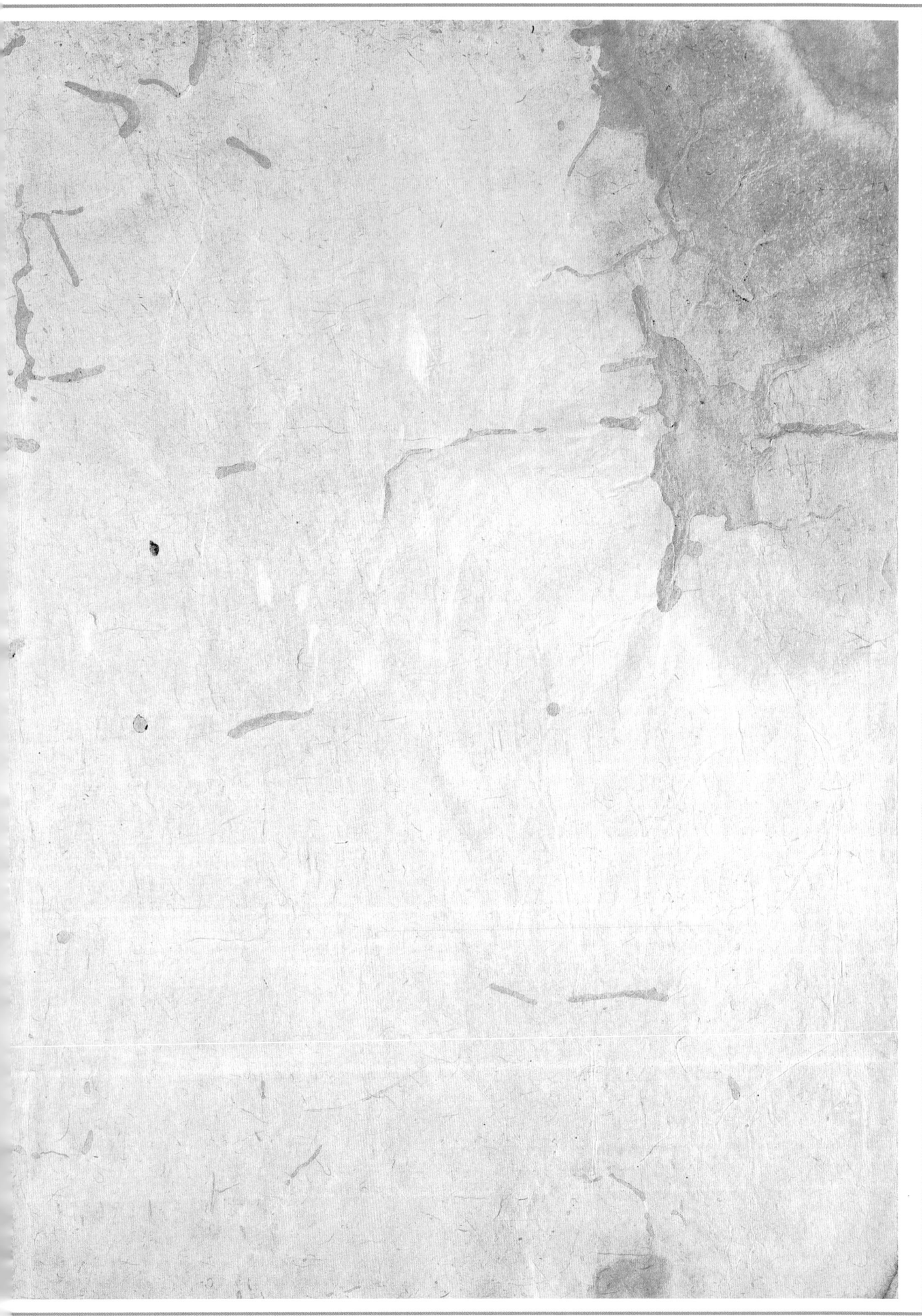

周

哀慕歌

古今樂録曰周太伯者太王之長子也太王有子三人太伯虞仲季歷季歷之子昌即文王也太王寢疾欲傳季歷以及昌於是太伯與虞仲去被髮文身託爲王採藥後聞太王卒還奔喪哭於門示夷狄之人不得入王庭季歷謂太伯長子也當立垂涕而留之終不肯止遂委而去適於吴是後季歷作哀慕之歌ヨト曰

先王既徂長（長音允）異都哀喪腹心未寫中懷（懷音窠衛波傳）人知其一不知其他子生三年然後免於父母之懷追念伯仲我季如何梧桐

萋萋生于道周周淳于玏三國志李興表孔明閭文漢高帰蒐于豊沛太公五世而反周想魍魎之彷彿莫形響之宫館風雅逸篇作舒云舒古榭字一作觀徘徊臺閣既除乞為遠乚乚使此空虛支骨離別垂思南隅聽望荊越涕淚交流伯兮仲兮逝肯來遊自非二人誰訴此憂

岐山操

琴苑要録曰岐山操者周太王之所作也太王居邠狄人攻之事之以珠玉犬馬皮幣狄侵不止問其所欲得土地也太王曰土地所以養萬民也吾不爭所用養而害吾所養遂策杖而去之踰梁山而邑乎岐山喟然嘆息援琴而鼓之

殘我俗兮[illegible]遷移邦邑適於岐山烝民不憂兮誰者知嗟嗟奈何兮予命遭斯

拘幽操

古今樂歌曰拘羑里者謂紂拘文王於羑里也

殷道溷溷浸濁煩叶分没反兮朱紫相合不别分叶膚眂反兮迷亂聲色信讒言兮炎炎之虐使我愆兮古今樂録作闇闇之虎使我蹇兮虎蓋謂崇侯兮幽閉牢穽由其言兮遘我四人憂勤叶音虔兮四人謂太顛閎夭散宜生南宮适求美女寶玉白馬朱鼠以獻于紂紂立出西伯〇兩山墨談曰此操見通鑑外記詳具辭意怨誹激非文王語也

文王操玉海作文王鳳凰歌

琴操曰紂為無道諸侯皆歸文王其後有鳳凰〃書〃以文王乃作此歌

翼翼翺翔翔翔作彼鳳一作鸞凰兮銜書來遊以會一作命昌兮瞻天案圖殷將亡兮蒼蒼之一作昊天始有萌兮

五神連精合謀房兮一作精連神合謀於房兮興我之業望來羊

兮

克商品

伐紂時制

一曰武王伐紂謝希逸琴論曰克商操武王

上告皇天兮可以行古叶先韻乎

越裳操琴操作越嘗操

琴操曰越嘗操周公所作也周公輔成王成

文王之王道越嘗重九譯而來獻白雉周公

乃援琴而歌之遂受之獻於文王之廟

於戲嗟嗟非旦之力也乃文王之德也一無二也字

神鳳操玉海作周成王儀鳳歌

一曰鳳凰來儀古今樂録曰周成王時鳳凰翔舞成王作此歌

鳳凰兮翔於（玉海云一作舞）紫庭予何徳兮以感靈賴先人兮恩澤臻于胥樂兮民以寧（初學記引孔宋符瑞記亦載此臻字作蓁）

黄竹詩（三章玉海逸詩）

穆天子傳曰丙辰天子遊黄臺之丘獵於苹澤有陰雨天子乃休日中大寒北風雨雪有凍人天子作詩三章以哀民

我徂黄竹（缺一字）員閟寒布帝收九行（行道也言收羅九域之道里也）侯曰辟冢（叶公工）我萬民（皇正也）旦夕勿忘（怛念之也）

我徂黄竹（入字）員閟寒帝收九行嗟我公侯百辟冢卿皇我萬民（叶謨郎反）旦夕勿窮（叶渠王反令無困也）

有皎者駱駱鳥名音洛翩翩其飛叶匪眠反嗟我公侯鈇一字勿

則遷居樂甚寡不如遷土居無求安禮樂其民叶彌延反○言當以禮[illegible]化其[illegible]也[illegible]傳註曰自侯以下似當云百家[illegible]王我萬民○勿則遷

夢歌一作瓊瑰歌

左傳曰聲伯夢涉洹或與已瓊瑰食之泣而

為瓊瑰盈其懷從而歌之丨丨懼不敢占也

還自鄭至於貍脤而占之曰余恐死故不敢

占今衆繁而從余三年矣無傷也言之之暮

而卒

濟洹之水贈我以瓊瑰歸乎歸乎瓊瑰盈吾懷叶乎

履霜操

琴操曰尹吉甫之子伯奇無罪為毋所讒而

見逐乃集芰荷以為衣採楟花以為食晨朝履霜自傷見放于是以援琴鼓之而作此操（吉甫周宣王時人也）

履朝霜兮採晨寒（叶胡千反）考不明其心兮聽讒言孤息別離兮摧肺肝（叶經天反）何辜皇天兮遭斯愆痛沒不同兮恩有偏誰能流顧兮知我冤

黃鵠歌

列女傳曰魯陶嬰者陶明之女也少寡養幼孤無彊昆弟紡績為產魯人或聞其義將求焉嬰聞之恐不得免作歌明己之不更二庭也魯人聞之遂不敢復求

悲夫黃鵠之早寡兮七年不雙（叶）宛頸獨宿兮不與

衆同夜半悲鳴兮想其故雄天命早寡兮獨宿何傷寡婦念此兮泣下數行嗚呼哀哉兮死者不可忘飛鳥尚然兮况於貞良雖有賢雄兮終不重行

南蒯歌一作鄉人飲酒歌

左傳曰魯昭公十二年季平子立而不禮於南蒯南蒯以費叛將適費飲鄉人酒鄉人或歌曰南蒯遺之子季氏費宰

我有圃生之杞乎從我者子乎去我者鄙乎倍其鄰者恥乎已乎已乎非吾黨之士乎圃以殖蔬菜枸杞非可食之物圃不宜生以喻蒯也從我謂為魯不去也子男子之美稱鄙親也已乎決絕之辭也

成人歌

禮記檀弓曰成人有其兄死而不為衰者聞

高子臯為成宰遂為衰成人歌曰

蠶則績而蠏有匡范則冠而蟬有緌兄則死而子臯為之衰 成魯邑名匡蠏背殼似匡也范蜂也緌謂蟬喙長在腹下大意言不相涉而互相成也

宋城者謳 即華元歌

左傳鄭公子受命於楚伐宋宋華元樂呂御之戰於大棘宋師敗績囚華元獲樂呂宋人以兵車百乘文馬四馹四以贖華元於鄭半入華元逃歸宋城華元為植巡功城者謳以譏之華元亦作歌使驂乘者荅之役人又復歌之

睅其目皤其腹棄甲而復于思于思 音腮或如字則來叶棃 棄甲復來 叶睅出目也皤大腹也于思多鬚貌思古腮字

牛則有皮（叶蒲波反）犀兕尚多棄甲則那（那猶何也雖棄甲何害）

役人又歌

從其有皮（叶）丹漆若何（言雖有皮無丹漆亦不能成甲也豈可棄之哉）

澤門之晳謳（一作築者歌）

左傳宋皇國父為太宰為平公築臺於門妨於農收子罕請俟農功之畢公弗許築者謳曰（襄公十七年）

澤門之晳實興我役邑中之黔（音琴）實慰我心（澤門宋東城南門也皇國父白晳而居近北子罕黑色而居邑中）

青陵臺歌（烏鵲歌）首（九域志）

宋康王欲奪其舍人韓憑之妻其妻義弗從作歌見志自投臺下而死

南山有鳥北山張羅鳥自高飛羅當奈何
烏鵲双飛不樂鳳凰妾是庶人不樂宋王

韓憑妻答夫歌

其雨淫淫河大水深日出當心

康王得書以問蘇賀賀曰雨淫淫愁且思也河深深不得往來也日當心有死志也俄而憑自殺妻亦死

飯牛歌 齊甯戚 三首

南山矸音岸白石爛生不遭堯與舜禪短布單衣適至骭音幹從昏飯牛薄夜半長夜漫漫何時旦 矸音岸

粲上音作穀

滄浪之水白石粲中有鯉魚長尺半弊布單衣裁至骭清朝飯牛至夜半黄犢上坂且休息吾將捨汝相齊國

又飯牛歌 劉向别録所載與諸本不同

出東門兮厲石斑 上有松柏青且闌 粗布衣兮緼縷 時不遇兮堯舜主 牛兮努力食細草 大叶莊五反臣在遡爾側 吾當與汝適楚國 此見劉向别録

齊民歌 見藝類聚 本韓非子

齊桓公飲酒醉遺其冠恥之管仲曰公何不雪之以政公曰善因發倉賜貧窮三日而民歌之曰

公胡不復遺其冠乎

野人歌

左傳宋朝與衛夫人南子會于洮野人歌之

既定爾婁豬 古音遮 盍歸吾艾豭 婁豬求子豬以喻南子 艾豭喻宋朝 艾老

也矣晉加杜家也

狐裘歌 一作狐裘詩

左傳晉侯使士蔿爲二公子築蒲與屈不慎置薪焉夷吾訴之公使讓之士蔿對曰臣聞之無喪而慼憂必讎焉無戎而城讎必保焉寇讎之保又何慎焉詩曰懷德惟寧宗子維城君其脩德而固宗子何城如之三年將尋師焉用慎退而賦曰

狐裘尨茸一國三公吾誰適從 尨茸亂貌言貴服多也公與二子爲三適專主也言城不堅則爲公子所許爲公所讓主之則爲讎不忠故不知所從

暇豫歌

國語曰晉優施通于驪姬驪姬欲害申生而難

◎歌

三三

里克優施乃飲里克酒中飲優施起舞曰一
丨[illegible]克笑曰何謂菀何謂枯優施曰其母為
夫人其子為君可不謂菀乎其母既死其子
又有謗可不謂枯乎枯且有傷里克懼乃定
中立之計

暇豫之吾吾讀如魚不如鳥烏人皆集於菀已獨集於
枯暇閑豫樂也吾吾不敢自親之貌言里克欲為暇豫事君之道反不敢自親吾吾然其智會不如鳥烏菀茂木也巳里克也喻人皆與奚齊克獨與申生也

恭世子誦

國語晉惠公改葬共世子臭達于外國人誦
之曰共世子申生也獻公時申生葬不如禮故改葬之惠公烝於獻公夫人賈君故申生臭達於外不欲為無禮者所葬也

貞之無報叶敷救反也孰是人斯而有是臭也貞為不聽
信為不誠國斯無刑媮居幸生不更厥貞大命其傾
威兮懷叶胡威反兮各聚爾有以待所歸兮猗兮違兮心
之哀叶於希反兮歲之二七其靡有徵兮君翟公子吾是
之依兮鎮撫國家為王妃兮貞正也以正弃之而不見聽也信心行之不見誠也刑法也言惠公偷竊居位徼幸而生威畏也懷思也言國人畏惠公思重耳也猗歎也違去也二七十四歲也徵亡也靡有徵者亦亡謂子圉也翟公子指重耳時出居於翟也言重耳當霸諸侯為王妃耦

龍蛇歌五見

史記文公重耳奔狄其後反國賞從亡未及介子推子推欲隱從者憐之乃懸書宮門文公出見之曰此介子推也使人召之亡入緜上山中於是文公環緜上山而封之以為介

推田號曰介山琴集曰士失志操介子推所作也曰
龍蛇歌呂氏春秋劉向新序皆以爲子推自作詩辭並小異皆錄于後
有龍矯矯頃失其所五蛇從之周徧天下叶後五反龍饑
無食一蛇割股龍返其淵安其壤土四蛇入穴皆有
處所一蛇無穴號於中野見說苑
有龍矯矯遭天譴怒上聲三蛇從之一蛇割股二蛇入
國厚爵土餘有一蛇棄於草莽叶
有龍于飛周徧天下五蛇從之爲之承輔龍反其鄉
得其處所四蛇從之得其露雨一蛇羞之橋死於中
野叶上與反見呂氏春秋
龍欲上天五蛇爲輔龍已升雲四蛇各入其宇一蛇
獨怨終不見處所見史記

有龍矯矯將失其所有蛇從之周流天下龍旣入深淵得其安所蛇脂盡乾獨不得甘雨見新序

舟之僑歌

說苑曰晋文公出亡舟之僑去虞而從焉文公反國擢可爵者而爵之擢可錄者而錄之舟之僑獨不與焉文公酌諸大夫酒酣文公曰二三子盍爲寡人賦乎僑曰君子爲賦小人請陳其辭辭曰丨丨遂歷階而去文公求之不得

有龍矯矯頃失其所一蛇從之周流天下龍反其淵安寧其處一蛇耆乾獨不得其所

楚人誦子文歌

說苑曰楚令尹子文之族有干法者廷理聞其令尹之族也釋之子文召廷理而責之遂致其族人於廷理曰不是刑也吾將死廷理懼遂刑其族人國人聞之曰若令尹之公也吾黨何憂乎乃與作歌曰

子文之族犯國法程廷理釋之子文不聽平聲恤顧怨萌方正公平

楚人歌

說苑曰楚莊王築層臺延石千里延壤百里大臣諫者七十二人皆死矣有諸御已者違楚百里而耕謂其耦曰吾將入諫王委其耕而入見莊王遂解層臺而罷民楚人歌之曰

薪乎菜叶此禮反乎無諸御已訖無子乎菜乎薪乎無諸御已訖無人乎

輿人誦

國語曰晉惠公入而背内外之賂輿人誦之曰惠公獻公庶子夷吾也外秦内里丕也輿衆也不歌曰誦

佞之見佞叶稱因反果喪其田音與陳同詐之見詐叶莊助反果喪其賂得國而狃終逢其咎喪田不懲禍亂其興佞謂里丕詐謂秦見佞見詐俱謂惠公也喪田賂謂不得其賂地狃忕也咎謂惠公敗於韓不懲謂丕鄭復欲與秦共納重耳惠公殺之

朱儒誦一作歌

左傳襄公四年邾人莒人伐鄫臧紇救鄫敗于狐駘國人誦之曰

臧之狐裘叶渠之反敗我於狐駘叶盈之反我君小子朱儒是使朱儒朱儒使我敗於邾狐裘大夫之服襄公幼弱故曰小子臧紇短小故曰朱儒

別鶴操

崔豹古今注曰別鶴操商陵牧子所作也娶妻五年而無子父兄將為之改娶其妻聞之中夜起倚戶而悲嘯牧子聞之愴然而悲乃援琴而鼓之

將乖比翼兮隔天端山川悠遠兮路漫漫攬衣不寐兮食或作辰忘餐古今註無三兮字攬衣作攬衾

齊臺歌

晏子春秋曰景公起大臺之役歲寒不已國人望晏子晏子見公公迺坐飲酒樂晏子曰君

若努臣臣請歌之歌曰庶民之言曰｜｜歌終喟然流涕公止之曰子殆爲大臺之役夫寡人將速罷之

凍水洗我若之何太上靡散古轉入銑我若之何廣文選載此詩曰庶民之餧我若之何奉上靡弊我若之何

輿人誦一作歌

左傳晉侯宋公齊國歸父崔夭秦小子憖次於城濮楚師背酅而舍晉侯患之聽輿人之誦曰酅戶圭反丘陵險阻名晉侯恐衆畏險故聽其歌誦

原田每每平聲舍其舊而新是謀音媒高平曰原喻晉軍美盛若原田之草每每然可以詩立新功不足念舊惠

采芑歌

史記田常成子與監止俱為左右相相齊簡公田常心害監止監止幸於簡公權弗能去於是田常復脩釐子之政以大斗出貸以小斗收齊人歌之曰

嫗乎采芑歸乎田成子（劉知幾史通曰田常見在而遽呼以謚此之不實昭然可見）

穗歌

晏子春秋曰景公為長庲（庲舍也）將欲美之有風雨作公與晏子入坐飲酒致堂上之樂酒酣晏子作歌曰丨丨終顧而流涕張躬而舞公遂廢酒罷役不果成長庲

穗乎不得穫秋風至兮殫零落風雨之弗殺（叶所例反）也太上之靡弊也

齊役者歌

晏子春秋曰景公築長庲之臺晏子侍坐觴三行晏子起舞曰ㄧㄧ舞三而涕下沾襟景公慙爲爲之罷長庲之役

歲巳莫矣而禾不獲叶胡化反忽忽矣若之何歲巳寒矣而役不罷惙惙矣如之何

子產頌二章●一作歌

左傳曰鄭子產從政一年輿人誦之曰

取我衣冠而褚之取我田疇而伍之孰殺子產吾其與之褚衣囊也衣完非法者收之不敢服

及三年又頌之曰

我有子弟子產誨叶古志之我有田疇子產殖叶時吏反之

子產而死誰其嗣之

河激歌

列女傳曰女娟者趙河津吏之女也簡子南擊楚津吏醉卧不能渡簡子怒欲殺之娟懼持檝走前曰願以微軀易父之死簡子遂釋不誅將渡用檝者少一人娟攘拳操檝而請簡子遂與渡中流為簡子河發激之歌簡子歸納為夫人

升彼河兮而觀清水揚波兮冒冥冥禱求福兮醉不醒誅將加兮妾心驚罰既釋兮瀆乃清妾持檝兮操其維蛟龍助兮主將歸呼來櫂兮行勿疑

息鄴操

孔叢子曰趙簡子使聘夫子将至爲及河聞鳴犢竇犨之見殺也廻輿而旋之衛息鄹爲操曰丨丨家語曰還息於鄒作槃琴以哀之即此歌也

周道衰微禮樂陵遲文武既墜吾将爲歸周遊天下靡邦可依鳳鳥不識珎寶梟鴟眷然顧之慘然心悲巾車命駕将適唐都黄河洋洋攸攸之魚臨津不濟還轅息鄹傷予道窮哀彼無辜翺翔于衛復我舊廬從吾所好其樂只且

風雅逸篇曰按朱子曰孔叢子紀孔子事多失實非東漢人之書琴操一書載堯舜文武孔子之詞尤謬知者可一覽而悟也然其詞猶效古而僞撰者亦出於魏晋人之手初傳既久姑録之水經注又載臨河歌事與息鄹将歸序同其詞全異見前

將歸操

琴操孔子将西見趙簡子至河而返作将歸操

翺翔于衛復我舊居從吾所好其樂只且

槃操事與前同又名息陬操

乾澤而漁蛟龍不遊覆巢毀卵鳳不翔留惓予心悲還原息陬

臨河歌見水經注

孔子適趙臨河不濟歎而作歌

秋之水兮風揚波叶班靡反舟楫顛倒更相加叶居之反歸來歸來胡為斯秋水名在臨濟舊作秋誤

子華子作臨河嘆云美哉水洋洋乎丘之不濟此命矣夫

臨河嘆子華子

美哉水洋洋乎丘之不濟此命矣夫

丘陵歌孔叢子○陸賈新語作丘陵歎

哀公以幣如衛迎夫子而卒不能用夫子作

此歌

登彼丘陵峛崺其阪仁道在近求之若遠遂迷不復自嬰屯蹇喟然迴慮題彼泰山鬱確其高梁甫迴連枳棘充路陟之無緣將伐無柯患兹蔓延惟以永嘆涕霣潺湲

猗蘭操

孔子自衛反魯作

習習谷風以陰以雨之子于歸遠送于野何彼蒼天不得其所逍遥九州無所定處時人闇蔽不知賢者年紀逝邁一身將老

龜山操

季桓子受女樂孔子去魯作

予欲望魯兮龜山蔽之手無斧柯奈龜山何

去魯歌

齊歸女樂孔子行歌曰云云桓子聞之曰夫子罪我以群婢故也

彼婦之口可以出走彼婦之謁可以死敗盡優哉游哉聊以卒歲

楚聘歌

楚武王聘夫子夫子作歌

大道隱兮禮為基賢人竄兮將待時天下如一欲何之

蟪蛄歌

詩含神霧曰孔子歌云云政尚静而惡譁也與碩鼠通意

遠山十里蟪蛄之聲猶尚在耳

鶬鴰歌

衝波傳有鳥九尾孔子與子夏見之人以問孔子曰鶬也子夏曰何以知之孔子曰河上之歌云云○羅端良曰鶬警霜鶴警露

鶬兮鴰兮逆毛衰兮一身九尾長兮

孤鷄歌

類要曰孔子遊于隅山見取薪而哭長梓上有孤鷄乃承而歌之

鵷彼鳴鶵在巖山之唫叶其淹反

謗歌

孔子爲魯司寇其初人歌以謗之三月政成

化行民歌以誦之

麛裘而鞞投之無戾鞞之麛裘投之無郵

誦歌

呂氏春秋謂之鷖誦或曰鷖人名

袞衣章甫實獲我所章甫袞衣惠我無私

接輿歌見二

論語楚狂接輿歌而過孔子曰列仙傳曰陸通者楚狂接輿也好養生遊諸名山嘗過孔子而歌曰ㄧㄧ後入蜀在峨嵋山中也

鳳兮鳳兮何德之衰往者不可諫來者猶可追已而

禍

已而今之從政者殆而（殆叶養里切）

莊子曰孔子適楚狂接輿遊其門曰

鳳兮鳳兮何如德之衰也來世不可待往世不可追也天下有道聖人成焉（謂可以成功）天下無道聖人生焉（全生而已）方今之時僅免刑焉福輕乎羽（叶羽執反）莫之知載禍重乎地莫之知避已乎已乎臨人以德（叶都木反已止也以德自尊而臨人也）殆乎殆乎畫地而趨（古音促言自拘束）迷陽迷陽無傷吾行吾行卻曲無傷吾足（困學紀聞曰胡明仲云荆楚有草叢生修條野人呼為迷陽其膚多刺故曰無傷吾行無傷吾足）

原壤歌

貍首之班然執女手之卷然

夢奠歌　禮記

泰山其頽乎梁木其壞乎哲人其萎乎

雉朝飛操

崔約古今注曰雉朝飛者犢沐子所作也齊處士泯宣年五十無妻出薪於野見雉雄雌相隨而飛意動心悲乃作雉朝飛之操以自傷為其聲中絶楊雄琴清英曰衛女傅母之所作也說見樂府詩集

雉朝飛兮鳴相和雌雄群遊於山阿我獨何命兮未有家叶時將莫兮可柰何嗟嗟莫兮可柰何

齊人歌

左傳魯哀公二十一年公與齊侯邾子盟於顧齊人責稽首因歌之責十七年齊侯為魯公稽首不見答

魯人之皐叶居號反數年不覺去聲使我高蹈唯其儒書以

為二國憂叶衣虚反○皐緩也高蹈猶遠行也言魯人皐緩數年不知答齊稽首使我高蹈來為此會二國齊邾也言魯據周禮不肯答稽首令齊邾遠至

萊人歌

左傳哀公五年秋齊景公卒冬十月公子嘉公子駒公子黔奔衛公子鉏公子陽生來奔萊人歌之曰

景公死乎不與埋叶陵之反三軍之士乎不與謀叶謨杯反師乎師乎何黨之乎師衆也黨所也之往也此哀群公子失所

徐人歌

劉向新序曰延陵季子將聘晉帶寶劍以過徐君徐君觀劍不言而色欲之季子未獻也然其心已許之使反而徐君已死季子於是

以劍帶徐君墓樹而去徐人為之歌

延陵季子兮不忘故脫千金之劍兮帶丘墓劉向新序曰季子以劍帶徐君墓樹徐人嘉而歌之曰延陵季子不忘舊故千金之劍以帶丘墓

歸耕操

琴操曰曾子事孔子十有餘年晨覺眷然年衰養之不備也于是援琴而歌之曰

朅來歸耕歷山兮盤以晏父母我心慱兮琴操

戲歎歸耕來兮安所歸耕歷山盤兮琴清英

段干木歌

呂氏春秋曰魏文侯過段干木之閭而軾之其僕曰君胡為軾曰此非段干木之閭歟段干木蓋賢者也吾安敢不軾其僕曰然則君

何不相之於是君請相之段干木不肯受則君乃致祿百萬而時往館之國人相與誦之曰

吾君好正段干木之敬吾君好忠段干木之隆

獻玉退怨歌

琴操曰卞和者楚野民得玉璞以獻懷王王使樂正子占之言玉石以為欺謾斬其一足懷王死子平和立和復獻之又以為欺斬其一足平王死子立為荊王欲獻之恐復見害乃抱玉而哭涕盡繼之以血荊王使剖之中果有玉乃封和為陵陽侯辭不受而作退怨之歌

悠悠沂水經荊山〔叶輸旃反〕精氣鬱洽谷岧岧中有神寶灼明明〔叶謨即反〕穴山采玉難爲功〔叶音光〕於何獻之楚先王遇王暗昧信讒言〔叶魚斤反〕斷截兩足離余身俛仰嗟嘆心摧傷紫之亂朱粉墨同〔叶徒黄反〕空山歔欷涕龍鍾〔叶諸良反〕天鑒孔明竟以彰沂水滂沛流于汶〔叶微匀反〕進寶得刖足離分〔叶方暗反〕斷者不續豈不怨〔叶紆云反○風雅逸篇曰此歌出琴操其叙述和事與正史亦異果和所作也〕

水仙操

琴怨要録曰水仙操伯牙之所作也伯牙學琴於成連三年而成至於精神寂莫情之專一未能得也成連曰吾之學不能移人之情吾師有方子春在東海中乃賫糧從之至蓬

萊山留伯牙曰吾將迎吾師刺船而去旬時
不返伯牙心悲延頸四望但聞海水汩沒山
林窅冥群鳥悲號仰天嘆曰先生將移我情
乃援琴而作此歌

繄洞涓兮流澌濩舟楫逝兮仙不還移形素兮蓬萊
山歍欽傷宮仙石還

狐援辭 二章

呂氏春秋曰狐援說齊湣王王不受狐援出
而哭五日其辭曰｜｜齊曰問吏曰哭國之
法若何吏曰斮王曰行法狐援乃言曰｜｜
先出也衣絺 一作緇 紵後出也滿囹圄吾今見民之洋
洋然東走而不知所處 一作吾見今之人洋洋東走而不知所處

有人自南方來鮒而入鯢居使人之朝為草而國為墟殷有比干吳有子胥齊有狐援已不用若言又斮之東閭每斮者以吾參夫二子者乎

優孟歌

史記滑稽傳楚相孫叔敖病且死屬其子曰若貧困若往見優孟居數年其子窮困負薪逢優孟曰我孫叔敖子也父死時屬我貧困往見優孟優孟即為孫叔敖衣冠抵掌談語歲餘像孫叔敖楚王置酒優孟前為壽莊王大驚以為孫叔敖復生也欲以為相優孟曰楚相不足為也孫叔敖為楚相盡忠為廉王得以伯今死其子貧困負薪以自飲食必如孫

叔敖不如自殺因歌曰｜｜莊王乃召孫叔敖子而封之寢丘

山居耕田苦難以得食起而為吏貪鄙者餘財不顧恥辱身死家室富又恐受賕枉法為姦觸大罪身死而家滅貪吏安可為也念為廉吏奉法守職竟死不敢為非廉吏安可為也風雅逸篇曰按此無音韻章自而史以為歌者不可曉豈當時檃栝轉換借歌聲以成之歟史不能述其音但記其義也又曰劉子玄譏此事之妄幻然此傳以滑稽名乃優孟自為寓言爾

忼慨歌一作楚商歌

文章流別孫叔敖碑曰叔敖臨卒將無棺槨令其子曰優孟曾許千金貸吾孟故楚之樂長與相君相善雖言千金實不貸也卒後數

幸莊王置酒以為樂優孟乃言孫君相楚之功既忼慨高歌涕泣數行㫄下若投首王左心感動覺悟問孟孟具列對即來其子而加封焉

貪吏而可為而不可為廉吏而可為而不可為貪吏而不可為者當時有污名而可為者子孫以家成廉吏而可為者當時有清名而不可為者子孫困窮被褐而員薪貪吏常苦富廉吏常苦貧叶頻眠反獨不見楚相孫叔敖廉潔不受錢

孺子歌二見文章正宗作滄浪歌

孟子曰有孺子歌曰ㄧㄧ孔子曰小子聽之清斯濯纓濯濁斯濯足自取之也楚辭載此為漁父歌

滄浪之水清兮可以濯我纓滄浪之水濁叶廚玉反兮可以濯我足

文子載滄浪歌

混混之水濁可以濯我吾足乎泠泠之水清可以濯吾纓乎

伯姬引

琴苑要録曰伯姬引者保母之所作也伯姬魯女也爲宋共公夫人公薨伯姬執節守貞魯襄公三十年宋宫災伯姬在焉有司請曰火將至矣伯姬曰吾聞婦人夜出不見傅母不下堂逮乎火而死其母自傷行遲悼伯姬之遇災援琴而歌曰

嘉名潔兮行彌彰托節鼓兮令躬喪歎欽何辜遇斯
殃嗟嗟柰何罹斯殃

女貞木歌

貞女引

琴苑要録曰貞女引者魯次室女之所作也
次室女倚柱悲吟而嘯鄰人謂曰欲嫁耶何
吟之悲也次室女曰嗟乎吾傷民心悲而嘯
豈欲嫁哉自傷懷潔而為隣人所疑於是褰
裳而去之入山林之中見貞女之廟喟然嘆
息援琴而歌一一自縊而死繁骸骨於林兮
附神爨於貞女故曰貞女引樂録曰魯處女
見女貞木而作歌亦謂之女貞木歌山海經曰太山
多貞木典術曰女貞木者少陰之精冬不落葉

菁菁茂木隱獨榮兮變化垂枝含蕤英兮脩身養志

建令名兮厥道不同（一作積）善惡并兮屈躬就濁世疑

清兮（一作屈身身 獨身微清兮）懷忠見疑何貪生兮

申包胥歌

吳越春秋曰子胥以吳兵伐楚入郢昭王出奔申包胥乃之秦求救倚哭於秦庭七日七夜口不絶聲哭已歌曰丨卜桓公大驚曰楚有賢臣若此吳猶欲滅之寡人無臣若斯者其亡無日矣為賦無衣之詩出師而送之

吳為無道封豕長蛇以食上國欲有天下政從楚起

寡君出在草澤（叶直托反）使來告急

偕隱歌

琴清英祝牧與妻偕隱作琴歌云

天下有道我黻子佩天下無道我負子戴

被衣歌

莊子曰齧缺問道乎被衣被衣曰若正汝形一汝視天和将至攝汝知一汝度神将來舍神将為汝美道将為汝居汝瞳焉如新生之犢而無求其故其言未卒齧缺睡寐被衣大說行歌而去之堯之師曰許由許由之師曰齧缺齧缺之師曰王倪王倪之師曰被衣

形若槁骸心若死灰真其實知不以自故持媒媒晦晦無心而不可與謀叶蒲杯反彼何人哉叶版西反故事也物不入於心故曰不以故自持媒媒晦晦芒忽無見也

楊朱歌

楊朱之友曰季梁疾大漸其子環而泣之請醫季梁謂楊朱曰汝奚不為我歌以曉之楊朱歌曰丨丨俄而梁季之疾自瘳

天其弗識（叶施灼反）人胡能覺匪祐自天弗孽由人我乎汝乎其弗知乎醫乎巫乎其知之乎

引聲歌

古今樂録曰莊周者齊人也隱於山岳湣王遣使齎金百鎰聘以相位周謝使者去引聲歌曰

天地之道近在胸臆呼噏精神以養九德渴不求飲饑不求食避世守道志潔如玉（叶魚律反）卿相之位難可

直當巖巖之石幽而清涼枕塊寢處樂在其央寒涼
回固周一作可以久長
思歸引見二
琴苑要録曰思歸引者衛女之所作也昔衛
侯有女邵王聞其賢請聘之未至而王薨太
子欲留之女不聽拘於深宮欲歸不得援琴
而歌曲終縊而死
涓涓泉水流于淇兮有懷于衛靡日不思執節不
移兮行不隮砱軻何辜兮離厥菑嗟乎何辜兮離厥
菑琴苑要録
涓涓淇水流于淇兮有懷于千衛靡日不思執節不兮移
行不詭隨坎坷何辜兮離厥茨風雅逸篇

漁父歌 一作渡伍員歌

吳越春秋曰伍子胥逃楚與楚太子建奔鄭晉頃公欲因太子謀鄭鄭知之殺太子建伍員奔吳追者在後至江江中有漁父子胥呼之漁父欲渡因歌曰｜｜子胥止蘆之漪漁父又歌曰｜｜既渡漁父視之有饑色曰為子取餉漁父去子胥疑之乃潛深葦之中父來持麥飯鮑魚羮盎漿求之不見因歌而呼之曰｜｜子胥出飲食畢解百金之劒以贈漁父不受問其姓名不答子胥誡漁父曰掩子之盎漿無令其露漁父諾胥行數步漁者覆舡自沉扵江

日月昭昭乎寢已馳與子期乎（一作兮）蘆之漪（越絶載漁父歌）

（一云日昭昭侵以施與子期甫蘆之碕）

右一

日已夕兮予心憂悲月已馳兮何不渡為事寢急兮將柰何

右二

蘆中人蘆中人豈非窮士乎（合上章為韻）

右三

王子思歸歌（怨錄）

楚之王子質于秦作

洞庭兮木秋涔陽兮草衰去千乘之家國作咸陽之布衣（庾信哀江南賦灞陵夜獵猶是舊時將軍咸陽思歸無復當時王子蓋用此事）

霹靂引

琴苑要録曰霹靂引楚商梁之所作也商梁出遊九皐之澤覽漸水之臺引眾置周於荊山臨曲池而漁疾風奮電雷電奄冥大水四起霹靂下臻矍然而驚其僕曰孤虛設張八宿相望熒惑于角五星失行此國之大變也君其返國矣於是商梁返室援琴嘆之韵聲激發象霹靂之聲故曰霹靂引楚商梁老或云楚莊王也聲之誤耳

疾雨盈河霹靂下臻洪水浩浩滔厥天叶鐵因反鑑趄隆愧隱隱閬閬國將亡兮喪厥年叶知林反

庚癸歌

左傳魯哀公十三年公會單平公晉定公吳夫差于黄池吳申叔儀乞糧於公孫有山氏有山氏對曰梁則無矣粗則有之若登首山以呼曰庚癸乎則諾註軍中不得出糧故為私隱庚西方主穀癸北方主水傳言吳子不與士共饑渴所以取亡也

佩玉槃兮余無所繫之旨酒一盛兮余與褐之父睨去聲之槃然服飾備也已獨無以為繫佩言吳王不恤下一盛一器也褐寒賤之人言但視不得飲

彈鋏歌三章○一作長鋏歌

史記孟嘗君傳馮驩見孟嘗君居傳舍十日孟嘗君問傳舍長曰客何所為答曰馮先生甚貧惟有一劍耳又蒯緱彈其劍而歌曰丨丨孟嘗君遷之幸舍食有魚矣五日又問傳

舍長答曰客復彈劍而歌曰｜｜孟嘗君遷之代舍五日孟嘗君復問傳舍長答曰先生又嘗彈劍而歌曰｜｜于是孟嘗君不悅蒯苦怪反茅之類可為繩言其劍把無物可裝以小繩纏之也緱音侯謂把劍之處也

長鋏歸來乎食無魚

右一

長鋏歸來乎出無車

右二

長鋏歸來乎無以為家叶致乎反

右三

女貞木歌 樂錄 魯處女作

青青茂木隱獨榮兮變化垂枝含蕤英兮修身養志

建令名兮厥道不同善惡拜兮屈身身獨去徵清兮懷忠見疑何貪生兮

紫玉歌

搜神記曰吳王夫差小女名玉悅童子韓重欲嫁之不得乃結氣而死重游學歸知之往吊於墓側玉形見顧重延頸而歌曰

南山有鳥北山張羅意欲從君讒言孔多悲結成疹殁命一作身黄壚命之不造寃如之何羽族之長名為鳳凰一日失雄三年感傷雖有衆鳥不為匹雙故見鄙姿逢君輝光身遠心近何嘗暫忘

鼓琴歌一作鼓瑟歌

史記趙武靈王夢見處女鼓琴而歌詩曰「

丨異日王飲酒樂數言所夢見想其狀吳廣聞之因夫人而內其女娃嬴孟姚也孟姚甚有寵扵王是爲惠后

美人熒熒兮顏若苕之榮命乎命乎曾無我嬴（言有命祿生遇其時人莫知貴盛盈滿也）

越人歌

劉向說苑曰鄂君子晳泛舟於新波之中乘青翰之舟張翠蓋會鐘鼓之音畢榜枻越人擁楫而歌扵是鄂君乃揄修袂行而擁之舉繡被而覆之（鄂君楚王母弟也）

今夕何夕兮搴洲中流今日何日兮得與王子同舟

蒙羞被好兮不訾詬恥心幾煩而不絕兮得知王子

山有木兮木有枝心説君兮君不知

窮劫之曲（以下不入琴操以其琴歌故附於此）

吳越春秋曰楚樂師扈子非荆王信讒佞殺伍奢白州犂而寇不絶於境又傷昭王困迫乃援琴為楚作窮劫之曲

王耶王耶何乖劣不顧宗廟聽讒孽任用無忌（費無忌也）多所殺誅夷白氏族幾滅二子（二子謂伍子胥）東奔適吳越吳王哀痛助忉怛垂涕舉兵將西伐伍胥白喜（白起也）孫武決三戰破郢王奔發留兵縱騎虜京闕楚荆骸骨遭掘發鞭辱腐屍恥難雪幾危宗廟社稷滅莊王何罪國幾絶卿士悽愴民惻悷吳軍雖去怖不歇願王更隱撫忠節勿為讒口能謗䙝

鄴民歌（一作魏河內歌　一作漳水歌）

史記曰魏襄時史起爲鄴令引漳水溉鄴以富魏之河內而民作歌云（風雅逸篇云史起魏文侯時人）

鄴有賢令兮爲史公（叶姑黃反）決漳水兮灌鄴旁終古舄鹵兮生稻粱

越謠歌

風土記曰越俗性率朴初與人交有禮封土壇祭以犬鷄祝曰

君乘車我帶笠他日相逢下車揖君擔簦我跨馬他日相逢爲君下（一本作卿雖乘車我戴笠後日相逢下車揖我步行卿乘馬後日相逢卿當下）

河梁歌

吳越春秋曰越勾踐既滅吳霸諸侯號令於

齊楚

齊楚秦晉皆輔周室秦厲公不如命勾踐乃選吳越將士西渡河以攻秦秦人懼自引咎越乃還軍軍人悅樂河梁之詩曰

渡河梁兮渡河梁舉兵所伐攻秦王孟冬十月多雪霜隆寒道路誠難當陳兵未濟秦師降（胡江反）諸侯怖懼皆恐惶聲傳海內威遠邦稱伯穆桓齊楚莊天下安寧壽考長悲去歸兮河無梁

河上歌

吳越春秋曰楚白喜奔吳吳王闔閭以爲大夫與謀國事吳大夫被離問子胥曰何見而信喜子胥曰吾之怨與喜同子不聞河上歌乎

陳辯女歌

列女傳陳辯女者陳國採桑之女也晉大夫解居甫使於宋道過陳遇採桑之女而戲之曰女為我歌吾將舍汝女乃歌曰墓門有棘斧以斯之夫也不良國人知之

君乘車我帶笠他日相逢下車揖君檐簦我跨馬他日相逢為君下（一本作卿雖乘車我戴笠後日相逢下車揖我步行卿乘馬後日相逢卿當下）

河梁歌

吳越春秋曰越勾踐既滅吳霸諸侯號令於

齊楚

齊楚秦晉皆輔周室秦厲公不如命句踐乃選吴越将士西渡河以攻秦秦人懼自引咎越乃還軍軍人悦樂河梁之詩曰

渡河梁兮渡河梁舉兵所伐攻秦王孟冬十月多雪霜隆寒道路誠難當陳兵未濟秦師降胡江反諸侯怖懼皆恐惶聲傳海内威遠邦稱伯穆桓齊楚莊天下安寧壽考長悲去歸兮河無梁

河上歌

吴越春秋曰楚白喜奔吴吴王闔閭以為大夫與謀國事吴大夫被離問子胥曰何見而信喜子胥曰吾之怨與喜同子不聞河上歌乎

同病相憐同憂相捄驚翔之鳥相隨而集瀨下之水
因復俱流胡馬望北風而立越鷰向日而熙誰不愛
其所近悲其所思者乎

琹引

琴苑要録曰琴引者秦時倡屠門高之所作
也秦為無道奢淫不制徵天下美女以充後
宫乃縱酒離宫作戲倡優宫女侍者千餘人
屠門高見宫女幼妙寵麗於是援琴而歌之
所為離之操曲未及終琴折柱摧絃音不鳴
舍琴而更援他琴以續之曰丨丨
酒坐俱毋往聽吾琴之所言舒長袠似舞兮乃揄袂
何曼奏章而却逢兮顧瞻心之所驩借連娟之寒態

兮假危酒酌五般泣喻而妖兮納其聲〻靡顏歌長
楡兮嘆曰騎美人旖旎紛嬙柑霜羅衣兮羽旄夜寢
圭玉珠參差妙麗兮被雲髻登高臺兮望青揆常羊
咲還何歷兮歸來 字訛不可讀俟再攷正

烏鳶歌 二首

吳越春秋曰越王將入吳與諸大夫別於浙江之上群臣垂泣越王夫人顧烏鵲啄江渚之蝦飛去復來因歌曰

仰飛鳥兮烏鳶淩玄虛兮號翩集洲渚兮優恣啄蝦矯翮兮雲間任厥性兮往還 音旋 妄無罪兮負地有何辜兮譴天颿獨兮西往孰知返兮何年心惙惙兮若割淚泫泫兮雙懸

波飛鳥兮鳶烏已迴翔兮翕蘇心在專兮素蝦何居食兮江湖徊復翔兮游颺去復返兮於乎始事君兮去家終我命兮君都終來遇兮何辜離我國兮去吳妻衣褐兮為婢夫去冕兮為奴歲遙遙兮難極冤悲痛兮心惻腸千結兮服膺於乎哀兮忘食願我身兮如鳥身翱翔兮矯翼去我國兮心遙情憤惋兮誰識

風雅逸篇註曰吳越春秋作於後漢人所載事多不實此歌依託無疑

采葛婦歌

吳越春秋曰越王自吳還國勞身苦心懸膽於戶出入嘗之知吳王好服之被體使國中男女入山采葛作黃絲之布以獻之吳王乃增越之封賜羽毛之飭机杖諸侯之服越國

大悦采葛之婦傷越王用心之苦乃作苦之
何詩曰
葛不連一作延蔓䕩台台我君心苦命更之嘗膽不苦
甘如飴令我采葛以作絲女工織兮不敢遲弱於羅
兮輕霏霏號絺素兮將獻之越王悦兮忘罪除叶魚羈反
吳王歡兮飛尺書叶商之反增封益地賜羽奇机杖茵蓐
諸侯儀群臣拜舞天顔舒叶書叶同我王何憂能不移
君何歌一作采葛婦歌
嘗膽不苦味若飴令我采葛以作絲
子桑琴歌
莊子曰子輿與子桑友而霖雨十日子輿曰
子桑殆病矣裹飯而往食之至子桑之門則

若歌若哭鼓琴曰丨丨子輿入曰子之歌聲何故若是曰吾思夫使我至此極者而不得也父母豈欲吾貧哉天地豈私貧我哉然而至此極者命也

父邪母邪天乎人乎

離別相去辭

吳越春秋曰越王伐吳國人各送其子弟於郊境之上作離別相去之辭曰

躁躁摧長恧恧兮擢戟馭殳所離不降兮以泄我王氣蘇三軍一飛降兮所向皆殂一士判死兮而當百夫道祐有德兮吳卒自屠雪我王宿恥兮威振八都軍伍難更兮勢如貔貙行行各努力兮於乎於乎

渡易水歌一作荆軻歌

史記曰燕太子丹使荆軻秦王太子及賓客知其事者皆白衣冠以送之至易水之上既祖取道高漸離擊筑荆軻和而歌為變徵之聲士皆垂淚涕泣又前而為歌曰｜｜復為羽聲忼慨士皆瞋目髮盡上指冠於是荆軻就車而去

風蕭蕭兮易水寒叶壮士一去兮不復還音旋

松柏歌

戰國策秦使陳馳誘齊王建入秦遷之共處之松柏之間餓而死齊人怨建聽姦人賓客不蚤與諸侯合從以亡其國歌之曰

松邪栢邪建共者容邪一本作住建共者容邪大地名屬河内

相和歌

莊子曰子桑戶孟子反子琴張三人相與友子桑戶死未葬孔子使子貢往待事焉或編曲或鼓琴相和而歌曰

嗟來桑戶乎嗟來桑戶乎而已反其真而我猶爲人猗

峽中歌見音敎

灩預大如馬瞿唐不可下灩預大如象瞿唐不可上

樂府載

灩預大如襆瞿唐不可觸蜀王本紀○南史庾黔婁傳灩預如襆本不通瞿唐水退爲庾公李白詩五月不可觸猿聲天上哀皆用此事

齊人頌　七思化齋録

史記蜀如趙人耳畫十如車過于於齊騶衍術迂大而閎辯

奭也文具難施淳于髡久與處時有得善言故齊人頌曰

天口騈談天衍雕龍奭炙轂過髡　史記無天口騈三字　騶田騈也騶衍所言

五德終始天地廣大故曰雕龍過字作輠輠者車之盛膏器也炙

之雖盡猶有餘流言淳于髡智不盡如炙輠也

秦

扊扅歌 一名琴歌

風俗通曰百里奚爲秦相堂上樂作所賃澣婦自言知音因援琴撫絃而歌問之乃其故妻遂爲夫婦也亦謂之扊扅歌

百里奚五羊皮憶别時烹伏雌炊扊扅今日富貴忘我爲百里奚初娶我時五羊皮臨當相别時烹乳雞今適富貴忘我爲

百里奚百里奚母已死葬南谿墳以瓦覆以柴舂黄藜搤伏雞西入秦五羖皮今日富貴捐我爲

祠洛水歌 一作秦始皇歌

古今樂録曰秦始皇祠洛水有黑頭公從河

中出呼始皇曰来受天之寶乃與群臣作歌

洛陽之水其色蒼蒼祠祭大澤倏忽南臨（一作征征古轉入湯）

洛濵醱禱色連三光

琴女歌

燕丹子曰荊軻刺秦王右手執匕首左手把其袖秦王曰乞聽琴聲而死琴女奏曲云｜｜王從其計軻不解琴故及於難

羅縠單衣可掣而絶三尺屏風可超而越鹿盧之劍可負而拔（史記荊軻左手把王之袖而右手持匕首揕之未至身秦王驚自引而起袖絶拔劍劍長操其室時惶急劍堅故不可立拔左右乃曰王負劍負劍遂拔以擊荊軻）

民歌（一作謡）

楊泉物理論曰秦築長城死者相屬民歌曰

生男慎勿舉生女哺用脯不見長城下尸骸相支拄魏陳琳飲馬長城窟行內四語與此同

甘泉歌亦見博物志

三秦記曰始皇作驪山陵周廻跡陰盤縣界水背陵郭使東西流運大石於渭北渚民怨之作甘泉之歌曰

運石甘泉口渭水不敢流千人唱萬人謳金陵餘石大如堰又見博物志運石甘泉口渭水爲不流千人一唱萬人相鉤金陵下餘石大如壠土屋皇覽中記

巴謠歌

茅盈内傳曰秦始皇三十一年九月庚子茅盈高祖濛於華山之中乘雲駕鶴白日昇天先是時有巴謠歌曰——始皇聞謠歌而問

其故父老具對曰此仙人之謡歌勸帝求長生之術於是始皇欣然乃有尋仙之志因改臘曰嘉平

神仙得者茅初成駕龍上昇入太清時下玄洲戲赤城繼世而往在我盈帝若學之臘嘉平

采芝歌 琴操 四皓作

皓天嗟嗟深谷逶迤樹木莫莫高山崔嵬岩居穴處以為幄菌曄曄紫芝可以療飢唐虞往矣吾當安歸

紫芝歌 九州春秋

莫莫高山深谷逶迤曄曄紫芝可以療飢唐虞世遠吾将安歸駟馬高蓋其憂甚大富貴之畏人不若貧賤之肆志

虞美人帳中歌 史記正義

漢軍已畧地四面楚歌聲大王意氣盡賤妾何聊生

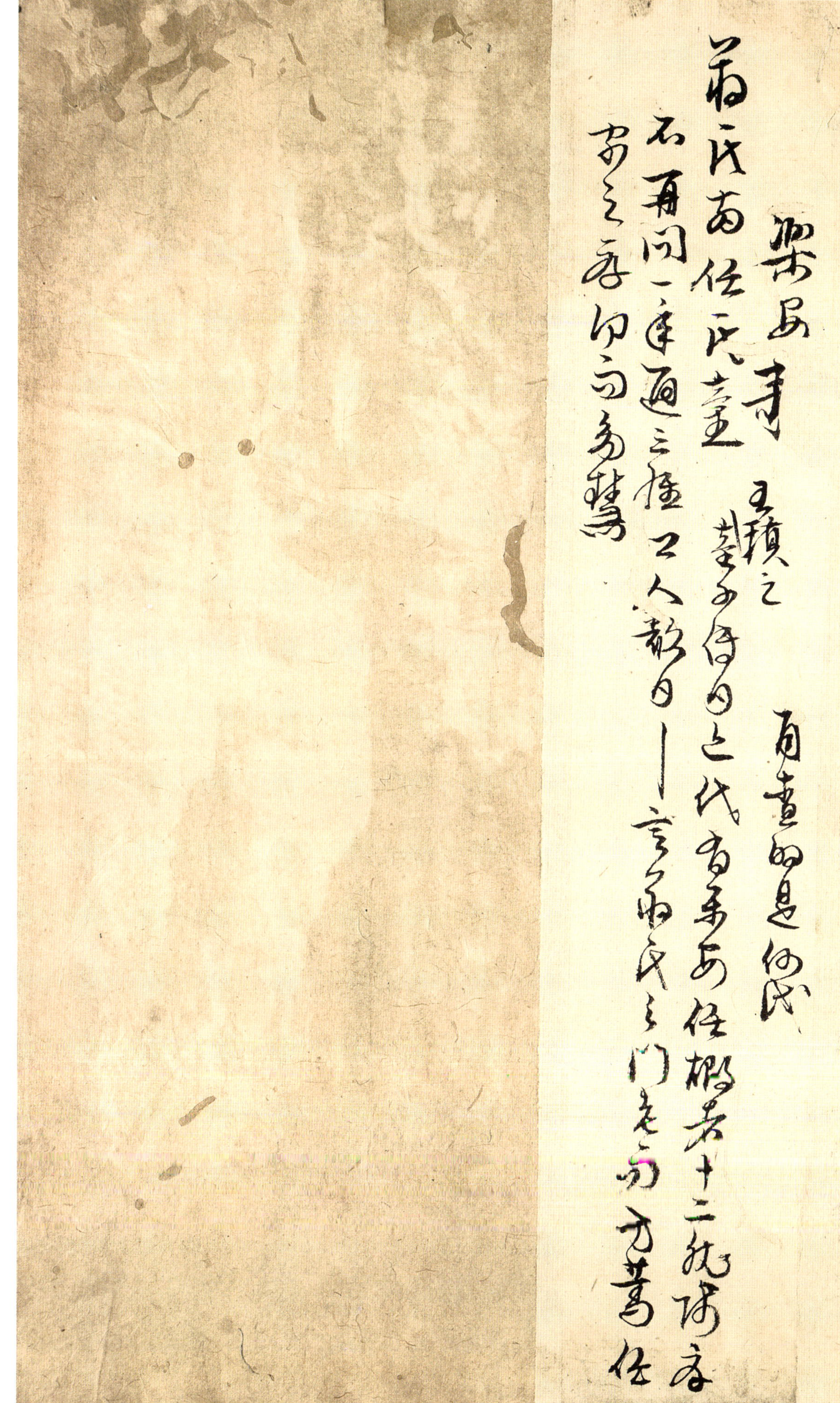

漢歌

平城歌漢書匈奴傳高帝自將兵二十二萬擊韓王信帝先至平城步兵未盡到冒頓縱精兵三十餘萬圍帝於白登七日漢兵中外不得救餉天下之歌之白登在平城東南十餘里

平城之下亦誠苦七日不食不能彀弩

畫一歌

蕭何為法顜若畫一曹參代之守而勿失載其清靜民以寧一顜音較讀作獵較之較漢書作讀史記作顜言法之畫一若斗斛顜量也

戚夫人歌

子為王母為虜終日舂薄暮常與死為伍相離三千里當誰使告汝

衛皇后歌

漢書曰衛子夫爲皇后弟青貴震天下天下歌之

生男無喜生女無怒獨不見衛子夫霸天下

茂陵中書歌

都荔遂芳美磑歌行

廣陵王歌 廣陵厲王胥武帝第五子也昭帝無子胥有覬心迎女巫下神呪詛事發覺當死胥置酒夜飲鼓瑟歌舞

欲久生兮無終長不樂兮安窮奉天期兮不得須臾

千里馬兮駐待路黄泉下兮幽深人生要死何爲苦

心何用爲樂心所喜出入無悰爲樂蒿里召兮郭門

閲死不得取代庸身自逝

燕王歌 燕王武帝第四子也昭帝時謀事不成妖祥數見發覺王置酒坐飲王自歌華容夫人起舞坐者皆泣王自殺

大風歌

漢高還過沛留置酒沛宮悉召故人父老子弟佐酒發沛中兒得百二十人教之歌酒酣上擊筑自歌曰

大風起兮雲飛揚威加海內兮歸故鄉安得猛士兮守四方

民以寧一顜言法之畫一若斗斛顜量也

戚夫人歌

子為王母為虜終日舂薄暮常與死為伍相離三千里當誰使告汝

衛皇后歌

漢書曰衛子夫爲皇后弟青貴震天下天下歌之

生男無喜生女無怒獨不見衛子夫霸天下

茂陵中書歌

都荔遂芳美磑歌行

廣陵王歌

廣陵厲王胥武帝第五子也昭帝無子胥有覬心迎女巫下神呪詛事發覺當死胥置酒夜飲鼓瑟歌舞

欲久生兮無終長不樂兮安窮奉天期兮不得須臾千里馬兮駐待路黃泉下兮幽深人生要死何爲苦心何用爲樂心所喜出入無悰爲樂萬里召兮郭門閱死不得取代庸身自逝

燕王歌

燕王武帝第四子也昭帝時謀事不成妖祥數見發覺王置酒坐飲王自歌華容夫人起舞坐者皆泣王自殺

歸空城兮狗不吠雞不鳴橫術何廣廣兮固知國中之無人

華容夫人歌

髮紛紛兮寘渠骨籍籍兮亡居母求死子兮妻求死夫褢回兩渠間兮君子將安居孟康曰寘音冪謂髮挂渠也

廣川王歌廣川王去疾為愛姬陶望卿作

背尊章嫖以忽謀屈奇起自絕行周流自生患諒非望今誰怨

愁莫愁生無聊心重結意不舒內茀鬱憂哀積上不見天生何益日崔隤時不再願棄軀死無悔

匈奴歌十道志曰焉支祁連二山皆美水草匈奴失之乃作此歌漢書元狩二年春霍去病將萬騎出隴西討匈奴過焉支山千有餘里其夏又攻祁連山捕首虜甚衆祁連山

即天山匈奴呼天爲祁連故曰祁連焉支山即燕支山也習鑿齒與燕王書曰山下有紅藍足下先知否北方人採其花染緋黄採取其上英鮮者作胭脂婦人採將用爲顏色吾少時再三過見胭脂今日始親紅藍後當足致其種

失我焉支山令我婦女無顏色失我祁連山使我六畜不蕃息

潁川歌 漢書灌夫任俠爲權利横潁川潁川兒歌之

潁水清灌氏寧潁水濁灌氏族

牢石歌 漢書佞倖傳曰元帝時石顯爲中書令與僕射牢梁少府五鹿充宗結爲黨友諸附倚者皆得寵位而民歌之言其兼官據勢也

牢邪石邪五鹿客邪印何纍纍綬若若邪

五侯歌 漢書曰成帝河平二年悉封舅大將軍王鳳庶弟譚爲平阿侯商成都侯立紅陽侯根曲陽侯逢時高平侯五人同日封故世謂之五侯時五侯群弟爭爲奢侈後庭姬

五侯初起曲陽最怒壞決高都連竟外杜土山漸臺西白虎（蘇文穎云決高都使水入長安城 高都在城西外杜杜陵也）

（妾容數十人羅鐘磬舞鄭女作倡優狗馬馳大治第室起土山漸臺洞門高廊閣道連屬彌望百姓歌之言其奢侈如此○按傳稱成都侯穿長安城引內灃水注第中大陂曲陽侯第園中土山漸臺類白虎殿則穿城引水非曲陽與歌辭不同高都來杜皆長安里名）

鄭白渠歌

（史記曰韓聞秦之好興事欲罷無令東伐迺使水工鄭國間說秦令鑿涇水自中山西邸瓠口為渠並北山東注洛溉舄鹵之地四萬餘頃因名曰鄭國渠漢書曰大始二年趙中大夫白公復奏穿渠引涇水首起谷口尾入櫟陽注渭中袤二百里溉田四千五百餘頃名曰白渠民得其饒歌之曰）

田於何所池陽谷口（孔五切下同）鄭國在前白渠起後舉鍤如雲決渠為雨涇水一石其泥數斗（古音主）且溉且

糞長我禾黍衣食京師億萬之口

匡衡歌

衡字稚圭東海承人也世農夫至衡好學家貧傭作以供資用尤精力過絶人諸儒為之語

無説詩匡鼎來匡説詩解人頤

樓護歌

漢書曰樓護字君卿為京兆吏數年甚得名譽與谷永俱為五侯上客母死送葬者致車二三千兩閭里歌之曰

五侯治喪樓君卿

尹賞歌

漢書曰賞字子心鉅鹿楊氏人永始元延間上怠於政貴戚驕恣交通輕俠藏匿亡命長安中姦滑浸多群輩殺吏受賕報讎賞以三輔高第選守長安賞至修治長安獄穿地方深各數丈致令辟為郭以大石覆其口名為虎穴乃收捕輕薄少年惡子得數百人内穴

中覆以大石百日後令死者家自發取親屬號泣道路歔欷長安歌之日

安所求子死桓東少年場生時諒不謹枯骨後何葬叶子郎反

上郡歌

漢書曰成帝時馮野王爲上郡太守其後弟立亦自五原太守徙西河上郡立居職公廉治行略與野王相似而多知有恩貸好爲條教吏民嘉美野王立相代爲太守歌之日

大馮君小馮君兄弟繼踵相因循聰明賢知惠吏民政如魯衛德化鈞周公康叔猶二君

逢萌新乎歌

逢萌首戴瓦盎哭於市新莽也

新乎新乎

丁令威歌 見雲笈七籤

搜神記曰遼東城門有華表柱忽有一白鶴集柱頭時有少年擧弓欲射之鶴乃飛徘徊空中而言曰——遂高上沖天今遼東諸丁云其先世有昇仙者不知名字

有鳥有鳥丁令威去家千歲今來歸城郭如故人民非何不學仙塚壘壘洞仙傳曰丁威令者遼東人少隨師學得仙道分身任意所欲嘗變歸化為白鶴集郡城如舊人民非何不學仙離塚壘

遼東諸丁譜載令威漢初學道得仙

張君歌

後漢書曰張堪光武時為漁陽太守捕擊姦猾賞罰必信吏民皆樂為用乃於狐奴開稻田八千餘頃勸民耕種以致殷富百姓歌之

桑無附枝麥穗兩岐張君為政樂不可支

朱暉歌

後漢書曰暉字文季建武中再遷臨淮太守好節槩有所拔用皆厲行士諸報怨以義犯率皆為求其理多得生濟其不義之因即時僵仆吏人畏愛為之歌曰

彊直自遂南陽朱季吏畏其威民懷其惠

涼州歌一作樊曄歌

後漢書曰𦙍光武時為天水太守政嚴猛好申韓法善惡立斷人有犯其禁者率不生出獄吏人及羌胡畏之道不拾遺凉州為之歌

游子常苦貧力子天所富寧見乳虎穴不入冀府寺大笑期必死忿怒或見置嗟我樊府君安可再遭值

董宣歌

後漢書曰董宣字少平光武時為洛陽令搏擊豪強莫不震慄京師號為臥虎歌之云

枹鼓不鳴董少平抱擊鼓杖也音字字從木

郭喬卿歌

後漢書曰郭賀字喬卿建武中為尚書令在職六年拜荊州刺史到官有殊政百姓歌之

厥德仁明郭喬卿中正朝廷上下一作天下平

鮑司隸歌

列異傳云鮑宣宣子永永子昱三世皆為司隸而乘一驄馬京師人歌之

鮑氏驄三人司隸再入公馬雖瘦行步工

通博南歌一作行者歌

後漢書西南夷傳曰永平十二年哀牢王柳貌遣子率種人內屬顯宗以其地置哀牢博南二縣割益州郡西部都尉所領六縣合為永昌郡始通博南山度蘭倉水行者苦之作歌

漢德廣開不賓度博南越蘭津度蘭倉漢書註作滄為它人

廉范歌

後漢書曰廉范字叔度建初中為蜀郡太守成都民物阜盛邑宇偪側舊制禁民夜作以防火災而更相隱蔽燒者日屬范乃毀削前令但嚴使儲水而已百姓為便乃歌之

廉叔度來何暮不禁火民安作叶則護反平生無襦今五袴一作昔無襦今五袴

喻猛歌

和帝時蒼梧太守以清白爲治郡頌之曰

於此蒼梧交阯之域大漢唯宗遠以仁德

陳臨歌

謝承後漢書曰陳臨字子然爲蒼梧太守人遺腹子報父怨捕得繫獄傷其無子令其妻入獄遂産得男人歌曰

蒼梧陳君恩廣大令死罪囚有後代德參古賢天報施

又

蒼梧府君恵及死能令死人不絶嗣

黎陽令張公頌

公與守相駕蜚魚往来倏忽遠熹娱慰此屯民寧厥居

魏郡輿人歌

岑熙爲魏郡太守招聘隱逸與參政事無爲而化視事二年輿人歌之

我有枳棘岑君伐之我有蟊賊岑君遏之狗吠不驚足下生氂含哺鼓腹爲知凶災我喜我生獨丁斯時

美矣岑君於戲休茲

范史雲歌 冉

後漢書曰范冉字史雲桓帝時為萊蕪長遭母喪不到官後遁身於梁沛之間徒行敝服賣卜於市遭黨人禁錮遂推鹿車載妻子捃拾自資所止單漏有時絕粒窮居自若言貌無改閭里歌之冉或作丹

甑中生塵范史雲釜中生魚范萊蕪

考城歌

後漢書曰仇覽一名香曰陳留考城人為蒲亭長到亭有陳元之母詣覽告元不孝覽以善言勸慰之母聞感悔涕泣而去覽乃親到元家與其母子飲因為陳人倫孝行譬以禍福元卒成孝子鄉邑為之諺曰

父母何在在我庭化我鴟梟哺我生

咄唶歌

棗下何纂纂榮華各有時棗欲初赤時人從四邊來 一作面

黃鸝歌

延祐中廬陵、中莲友雷及巳邦有馬如新蔡蕭王元侯妻

陸趙蒙左寓棄風袁夫執英美之節號曰三貞逮郡邑自延陞

里楊居之人同時與阮於西漢水有黃鳥鳴其近𩇕仙洞爲因人

倚之乃作詩曰

關關黃鳥，爰集于樹。菁菁游女，是躑是躅。惟躑躅躅，其心匪石。

嗟尔臨川，盤旋云乃不咏。

魏郡輿人歌

岑熙爲魏郡太守，招聘隱逸，與參政事，無爲而化。視事二年，輿人歌之。

我有枳棘，岑君伐之。我有蟊賊，岑君遏之。狗吠不驚，足下生氂。含哺鼓腹，焉知凶災。我喜我生，獨丁斯時。

美矣岑君於戲休茲

范史雲歌 冉

後漢書曰范冉字史雲桓帝時爲萊蕪長遭母憂不到官後遁身於梁沛之間徒行敝服

王稚子歌

孝和帝時洛陽令王[illegible][illegible][illegible]廣漢爲人所行[illegible]學直至[illegible]論明法以令處民衣討從[illegible][illegible]洛陽之[illegible][illegible][illegible][illegible]德政于洛陽[illegible][illegible][illegible]姓以去篤甚至[illegible]之無安舒[illegible][illegible]生理寬清[illegible][illegible][illegible]風俗甚勤代有[illegible][illegible][illegible][illegible][illegible]聞天[illegible][illegible]遂早[illegible][illegible][illegible]爲民立祠安陽亭西[illegible]之後代莫不稱傳

棗適今日賜鑾誰當仰視之

劉君歌

後漢書曰劉陶字子奇頴川頴陰人濟北貞王勃之後桓帝時舉孝廉除順陽長縣多姦猾陶到官宣募吏民有氣力勇猛能以死易生者得數百人皆嚴兵待命於是覆案姦軌所按發若神以病免吏民思而歌之

悒然不樂思我劉君何時復來安此下民

董逃歌 一作靈帝中平中京都歌

後漢書五行志曰按董謂董卓也言雖跋扈縱其殘暴終歸逃竄至於滅族也風俗通曰卓以董逃之歌主爲己發大禁絕之楊孚董卓傳曰卓改董逃爲董安

承樂世董逃遊四郭董逃蒙天恩董逃帶金紫董逃行謝恩董逃整車騎董逃垂欲發董逃與中辭董逃出西門董逃瞻宮殿董逃望京城董逃日夜絕董逃

心摧傷董逃

賈父歌

後漢書曰中平元年交阯屯兵執刺史及合浦太守靈帝勑三府精選能吏有司舉賈琮爲交阯刺史琮到部訊其反狀言賦斂過重民不聊生故聚爲盜琮即移書告示各使安其資業招撫荒散蠲復徭役誅斬渠帥爲大害者簡選良吏試守諸縣百姓以安巷路爲之歌

賈父来晚使我先反今見清平吏不敢飯

皇甫嵩歌

後漢書曰皇甫嵩字義真安定朝那人靈帝時黄巾作亂以嵩爲左中郎將討賊數有功拜左車騎將軍領冀州牧封槐里侯嵩請冀州一年田租以贍飢民百姓歌曰

天下大亂兮市爲墟母不保子兮妻失夫賴得皇甫兮復安居

洛陽令歌

長沙耆舊傳曰祝良字召卿為洛陽令嵗時亢旱天子祈雨不得良乃暴身階庭告誠引罪自晨至申紫雲沓起甘雨登降人為之歌

天久不雨烝人失所天王自出祝令特苦精符感應滂沱下雨

灌令

崔瑗歌

此字自不同

後漢書云崔瑗為汲令開溝時田民歌其利歌曰

崔氏家傳曰崔瑗為汲令開溝造稲田薄鹵之地更為沃壤民頼其利長老歌之曰

上天降神明錫我仁慈父臨民布德澤恩惠施以序穿溝廣溉灌決渠作甘雨

呉資歌

常璩華陽國志曰太山呉資字元約孝順帝永建中為巴郡太守屢獲豐年人歌之曰〻〻及資遷去人思資又歌曰

習、晨風動澍雨潤禾苗我后恤時務我人以優饒

又歌

望遠忽不見惆悵當徘徊恩澤實難忘悠、心永懷

爰珍歌

陳留耆舊傳曰爰珍除六令吏人訟息教誨其子弟歌之曰

我有田疇爰父殖置我有子弟爰父教誨

布乎歌

士孫瑞王允謀誅董卓有人書呂字於布上負而行告[illegible]布有告卓者卓不悟

布乎 與新乎歌同

濟陰歌

後漢書曰朱震字伯厚為州從事奏濟陰太守贓罪之數語曰

車如雞栖馬如狗疾惡如風朱伯厚

高孝甫歌

陳留耆舊傳曰高慎字孝甫敦質少年埋而好沉深之謀為從事人謂之曰

巍然不語名高孝甫

襄陽太守歌

襄陽耆舊傳曰襄陽太守胡烈有惠化百姓歌曰

美哉明后隽哲惟嶷陶廣乾坤周孔則是文武播暢威振遐域

隴頭歌二首

秦川記曰隴西郡隴山其上懸巖吐溜於中嶺泉渟因名萬石泉泉溢漫散而下溝澮皆注故北人升此而歌曰丨丨按漢橫吹曲有隴頭而亡其辭此或其遺也梁鼓角橫吹亦載此

隴頭流水流離四下念我行役飄然曠野登高望遠涕零雙墮 流一作分

[illegible]

隴頭流水鳴聲幽咽遙望秦川肝腸斷絕

古歌銅雀辭 三輔黃圖云

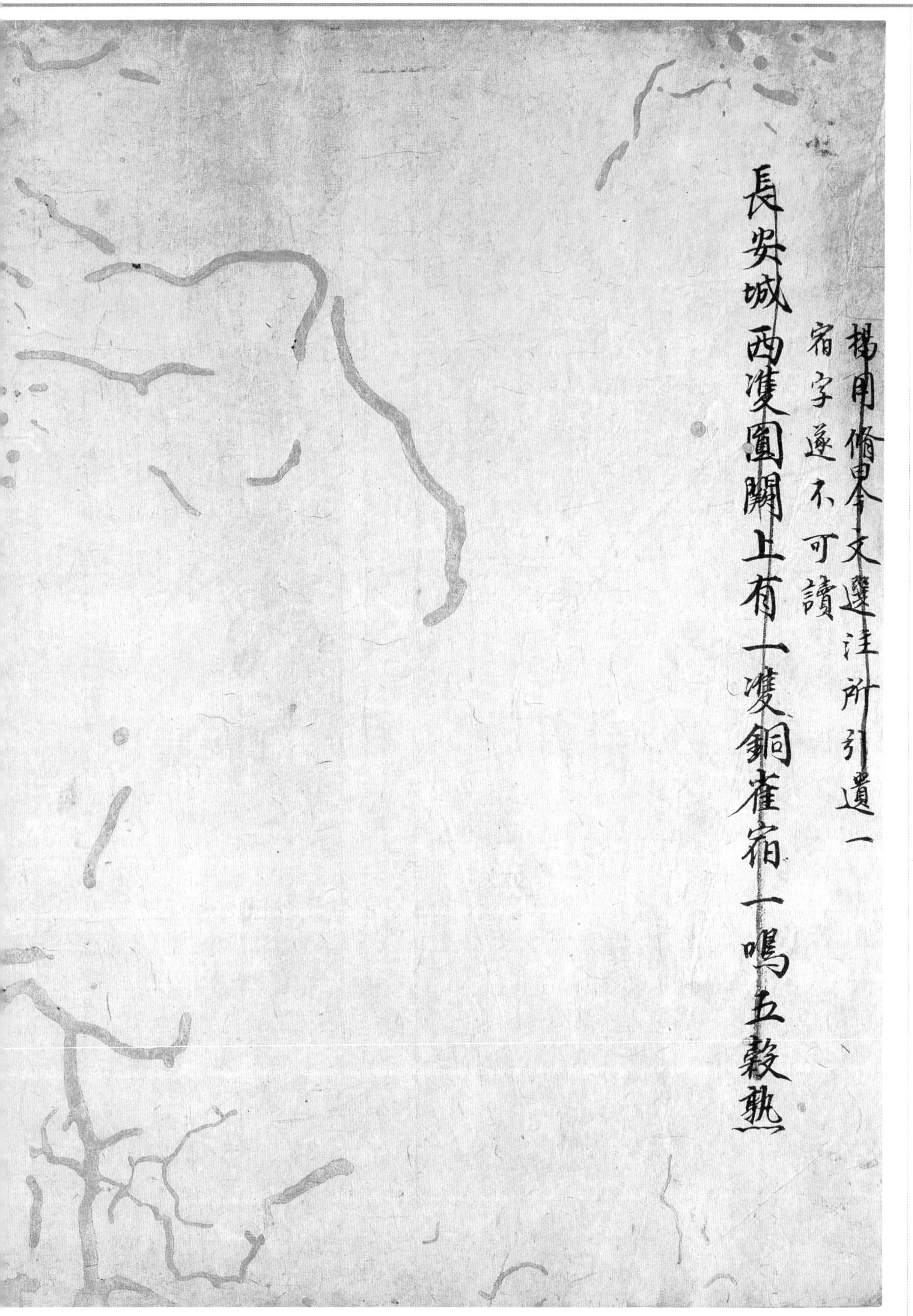

揭用脩日本文選注所引遺一
宿字遂不可讀

長安城西雙圓闕上有一雙銅雀宿一鳴五穀熟

魏歌

柷䱎繆歌

高氏傳魏伐吴有竊問隱士焦先〻不應繆歌云云後魏軍敗人推其意䍧羊指吴羖羝指魏也

祝䱎祝䱎非魚非肉更相追逐本為殺䍧羊更殺羖羝

魏明帝太和中兜鈴曹子歌

當柰汝曹何

其後曹爽見誅曹氏遂衰弊

徐州歌

晋書曰王祥隱居廬江三十餘年不應州郡之命徐州刺史吕虔檄為别駕于時寇盜充斥祥率勵兵士頻討破之州界清静政化大行時人歌之○按魏志吕虔文帝時遷徐州刺史請琅琊王祥為别駕

海沂之康實賴王祥邦國不空別駕之功

滎陽令歌

殷氏世傳曰殷褒爲滎陽令廣築學館會集朋徒民知禮讓乃歌之云

滎陽令有異政修立學校人易性令我子弟恥鬬訟樂府作訟爭

行者歌選詩拾遺作魏時童謠歌云見五行志

王子年拾遺記曰文帝所爱美人薛靈芸常山人也年十五容貌絕世咸熙中文帝選良家子女以入六宮常山太守習谷以千金寶賂聘之以獻至京師帝以文車十乘迎之道側燒石葉之香未至數十里膏燭之光相續不滅車徒咽路塵起蔽於星月又築土爲臺基高三十丈列燭於臺下遠望如列星之墜地又於大道之傍一里一銅表高五尺以里數故行者歌曰

青槐夾道多塵埃龍樓鳳闕望崔嵬清風細雨雜香

東平劉生安東子樹木稀屋裏無人看阿誰

東平劉生歌

魏明帝太和中兠鈴曹子歌

當奈汝曹何其後曹爽見誅曹氏遂衰廢

徐州歌

晋書曰王祥隱居廬江三十餘年不應州郡之命徐州刺史呂虔檄爲别駕于時寇盜充斥祥卒勵兵士頻討破之州界清静政化大行時人歌之○按魏志呂虔文帝時遷徐州刺史請琅琊王祥爲别駕

海沂之康實賴王祥邦國不空別駕之功

滎陽令歌

殷氏世傳曰殷褒爲滎陽令廣築學館會集朋徒民知禮讓乃歌之云

滎陽令有異政修立學校人易性令我子弟恥鬬訟樂府作訟争

行者歌 選詩拾遺作魏時童謠

王子年拾遺記曰文帝所愛美人薛靈芸常山人也年十五容貌絶世咸熙中文帝選良家子女以入六宮常山太守習谷以千金賫賂聘之以獻至京師帝以文車十乘迎之道側燒石葉之香未至數十里膏燭之光相續不滅車徒咽路塵起蔽於星月又築土爲臺基高三十丈列燭於臺下遠望如川星之墜地又於大道之傍一里一銅表高五尺以里數故行者歌曰

青槐夾道多塵埃龍樓鳳闕望崔嵬清風細雨雜香

其歌

大康中晉世寧舞歌　晉世寧之舞折楊柳歌

太康末京洛折楊柳歌　晉書云天下為晉世寧之舞折楊柳之歌　反覆之至危之象也

春風尚蕭條去故來入新苦辛非一朝折楊柳愁思滿腹中歷亂不可數　是時三楊貴盛而被誅滅太后幽死宮中折楊柳應也

徐聖通歌　藝文列晉人中一作汝陰歌　會稽典錄曰徐弘字聖通為汝陰令誅鋤姦桀道不拾遺民乃歌之

徐聖通政無雙平刑罰姦宄空

崔左丞歌　崔洪字伯良博陵安平人以清厲顯名武帝時世為御史治書朝廷憚之尋為尚書左丞時人為之語曰

叢生棘棘來自博陵在南為鷂在北為鷹

束皙歌

晉書曰東晳陽平元城人太康中郡界大旱晳爲邑人請雨三日而雨注衆爲晳作歌

東先生通神明請天三日甘雨零我黍以育我稷以生何以疇之報東長生

應詹歌

晉書曰王澄爲帝末爲荆州牧假應詹督南平天門武陵三郡軍事天下大亂詹境獨全百姓歌之

亂離既普殆爲灰朽僥倖之運賴茲應后歲寒不凋狐境獨守拯我塗炭恵隆丘阜潤同江海恩猶父母

并州歌 亦見趙書

樂府廣題曰晉汲桑清河貝丘人力能扛鼎殘心少恩六月盛暑重裘累裀使十餘人扇之忽不清涼便斬扇者并州大姓田蘭薄盛斬於平原士女慶賀奔走道路而歌之

士爲將軍何可羞六月重茵披狐貉一作裘不識寒暑

吴歌

王世容歌

吴録曰王鐔字世容為武城令民服德化宿惡奔迸父老歌之鐔藝文類聚作譚

王世容政無雙省徭役盜賊空

彭子陽歌

吴録曰彭脩字子陽毗陵人建國二年海賊丁儀等萬人據吴太守秋君聞脩勇謀以守令脩與賊相見陳説利害應時散去民歌之曰

時歲倉卒賊縱横大戟强弩不可當賴遇賢令彭子陽

夷土上出金火照臺此七字是妖辭也鋼表誌道是土上出金之義以燭里書下剝火在土下之義漢火德王魏土德王火伏而土興土上出金是魏滅而晉興之兆晉以金王也

鉅鹿歌

江表傳曰郭典字君業為鉅鹿太守與中郎將董卓攻黃巾賊張宝於曲陽典作塹圍卓不肯典独於西當賊之衝晝夜進攻宝由是城守不敢出時人為之語曰

郭君圍塹董將不許幾令狐狸化為豺虎賴我郭君不畏彊禦轉機之閒敵為窮虜猗、惠君宝完彊土

鴻臚歌

魏略曰韓宣字景然為大鴻臚始南陽曲阜韓暨以宿德在宣前為大鴻臚及宣在官亦稱職故鴻臚中為之語曰

大鴻臚小鴻臚前後治行相曷如

夏侯歌

魏書曰夏侯淵爲將赴急疾常出敵不意故軍中語曰淵字妙才沛國譙人從魏太祖征伐封博昌亭侯累官征西將軍

典軍校尉夏侯淵三日五百六十千

州中歌

魏略曰賈洪字叔業好學有材特精於春秋左傳與馮翊嚴苞材學最高故衆人爲之語曰

州中暐暐賈叔業辯論洶洶嚴文通

邢子昂歌

魏志曰邢顒太祖辟爲冀州從事時人稱之

德行堂堂邢子昂

丹蕣云音書說云和嶠手傳感鍬王戎瑒擲不同亦擲有攪

五卅六弘

不畏彊禦轉機之間敵為寇虜猗、惠君室完彊土

鴻臚歌

魏略曰韓宣字景然為大鴻臚始南陽曲阜韓暨以宿德在宣前為大鴻臚及宣在官亦稱職故鴻臚中為之語曰

大鴻臚小鴻臚前後治行相曷如

夏侯歌

魏書曰夏侯淵為將赴急疾常出敵不意故
軍中語曰淵字妙才沛國譙人從魏太祖征
伐封博昌亭侯
累官征西將軍

典軍校尉夏侯淵三日五百六十千

州中歌

魏略曰賈洪字叔業好學有材特精於春秋
左傳與馮翊嚴苞材學最高故衆人為之語
曰

州中曄曄賈叔業辯論洶洶嚴文通

邢子昂歌

魏志曰邢顒太祖辟為
冀州從事時人稱之

德行堂堂邢子昂

斷人頭雄兒田蘭爲報讐中夜斬首謝并州

襄陽兒童歌

晋書曰山簡字季倫永嘉初爲南征將軍出鎮襄陽于時四方寇亂朝野危懼簡優游卒歲唯酒是耽諸習氏荊土豪族有佳園池簡每出嬉遊多之池上置酒輒醉名之曰高陽池時有兒童歌曰

山公出何許往至高陽池日夕倒載歸酩酊無所知時時能騎馬倒著白接䍦舉鞭向葛彊何如并州兒

彊家在并州簡愛將也

出何許一作何郎去

吴人歌

晋書曰鄧攸元帝時爲吴郡太守刑政清明百姓歡悅後稱疾去百姓數千人留牽攸船不得進攸乃少停夜中發去吴人歌之

紞如打五鼓鷄鳴天欲曙鄧侯挽不留謝令推不去

豫州歌

晉書曰祖逖元帝時爲豫州刺史躬自儉約督課農桑克己務施不畜資産子弟耕耘負擔樵薪又收葬枯骨爲之祭醊百姓感悅嘗置酒大會耆老中坐流涕曰吾等老矣更得父母死將何恨乃歌曰

幸哉遺黎免俘虜三辰既朗遇慈父玄酒忘勞甘瓠脯何以詠恩歌且舞祖逖別傳曰幸哉遺民免豹虎三辰既朗遇慈父玄酒清醪甘瓠脯亦何報恩歌且舞

三明歌

中興書曰諸葛恢字道明避難過江與潁川荀道明閻陳留蔡道明謨俱有名譽號曰中興三明時人歌之曰

京都一作師三明各有名蔡氏儒雅荀葛清

庾公歌二首

廬歌

晋書曰辛未何向忽作｜百居濃者同之曰廬者悟也內外悉[illegible]

白門廬之廬廬

升平中童兒歌

晋書穆帝時｜忽｜歌於道曰｜｜無幾而穆帝崩太后哭之曰阿子汝聞

阿子聞曲終輒云阿子汝聞否

時時能騎馬，倒著白接䍦，舉鞭向葛彊，何如并州兒

彊家在并州 簡愛將也

出何許一作何郎去

吴人歌

晋書曰鄧攸元帝時爲吴郡太守刑政清明百姓歎悅後稱疾去百姓數千人留牽攸船不得進攸乃少停夜中發去吴人歌之

紞如打五鼓鶏鳴天欲曙鄧侯挽不留謝令推不去

豫州歌

晋書曰祖逖元帝時爲豫州刺史躬自儉約督課農桑克己務施不畜資産子弟耕耘負擔樵薪又收葬枯骨爲之祭醊百姓感悦嘗置酒大會耆老中坐流涕曰吾等老矣更得父母死將何恨乃歌曰

幸哉遺黎免俘虜三辰既朗遇慈父玄酒忘勞甘瓠脯何以詠恩歌且舞祖逖别傳曰幸哉遺民免豹虎三辰既朗遇慈父玄酒清醪甘瓠脯亦何報恩歌且舞

三明歌

中興書曰諸葛恢字道明避難過江與潁川荀道明閩陳留蔡道明謨俱有名譽號曰中興三明時人歌之曰

京都師一作三明各有名蔡氏儒雅荀葛清

庾公歌二首

晉書五行志曰庾亮初鎮武昌出至石頭百姓於岸上歌之後連徵不入及薨於鎮以喪還都葬皆如謠言

庾公上武昌翩翩如飛鳥庾公還揚州白馬牽旐旐

庾公初上時翩翩如飛鳥庾公還揚州白馬牽流蘇一作旒車

郗主歌

世說曰郗超王珣並以俊才為桓大司馬所眷珣為主簿超為記室參軍超為人多鬚珣形狀短小時人為之歌曰

髯參軍短主簿能令公喜能令公怒

御和中御路楊歌

晉書五行志曰晉海西公太和中民為此歌白者金行馬者國姓紫為奪正之色明以紫間朱也海西公尋廢三子非海西公之血胤子皆縊以馬韁死之明日南方獻甘露焉

青青御柳楊白馬紫游韁汝非皇太子那得甘露漿

鳳凰歌

宋書五行志曰晉海西公生皇子百姓歌之其歌甚美其旨甚微海西公不男使左右向龍與内侍接生子以爲己子

鳳凰生一雛天下莫不喜本言是馬駒今定成龍子

歷陽歌

晉書五行志曰庾楷鎮歷陽百姓歌之後楷南奔桓玄爲玄所殺

重羅黎重羅黎使君南上無還時

樊氏陂歌

樊氏陂庾氏取之時人歌曰

陂汪汪下田良樊子失業庾公昌

桓玄時小兒歌

吴均續齊諧記曰桓玄篡位後朱雀門中忽見兩小兒通身如墨相和作籠歌丨丨路邊小兒從而和之者數十人聲甚哀楚日既夕二小兒入建康縣至閤下遂成雙漆鼓槌明年春而桓敗車無軸倚孤木桓字也荊州送玄首用敗籠苜包之又芒繩束縛其屍沈諸江中悉如所歌焉

芒籠苜繩縛腹車無軸倚孤木

從者歌

續安帝紀曰司馬休之兒尚為桓玄所敗休之奔淮泗頗得彼之人心從者為之歌曰

可憐司馬公作性甚溫良憶昔水邊戲使我不能忘

涼州大馬歌

晉書曰張軌初為涼州刺史王彌寇洛陽軌遣北宮屯張纂馬魴陰濬等率州軍擊破之又敗劉聰于河東京師歌之曰

涼州大馬橫行天下涼州鴟苕寇賊消鴟苕翩翩怖

殺人

黃曇子歌 謠一作

黃曇英，揚州大佛來上明。時桓石民為荊州，鎮上明。頃之，石民死，王忱代之。黃曇，忱小字也。

麴游歌

晉書曰：麴允，金城人也。與游氏世為豪族，西州為之語曰：

麴與游，牛羊不數頭。南開朱門，北望青樓。

隴上歌

晉書載紀曰：劉曜圍陳安于隴城，安敗，南走陝中。曜使將軍平先、丘中伯率勁騎追安。安與壯士十餘騎於陝中格戰，安左手奮七尺大刀，右手執丈八蛇矛，近交則刀矛俱發，輒害五六；遠則雙帶鞬服，左右馳射而走。平先亦壯健絕人，與安搏戰，三交，奪其蛇矛而退。遂斬于澗曲。安善於撫接，吉凶夷險，與衆同之。及其死，隴上為之歌。曜聞而嘉傷，命樂

府之歌

隴上壯士有陳安軀幹雖小腹中寬愛養將士同心

肝騂驄父（一作交）馬鉄鍛鞍七尺大刀奮如湍丈八蛇

矛左右盤十盪十決無當前戰始三交失蛇矛棄我

騧驄竄巖幽為我外援而懸頭西流之水東流河一

去不還奈子何

同前（見趙書與前小異）

隴上健兒曰陳安軀幹雖小腹中寬愛養將士同心

肝騂驄駿馬鐵瑕鞍七尺大刀配齊鍱丈八虵矛左

右盤十盪十決無當前百騎俱出如雲浮追者千萬

騎悠悠戰始三交失虵矛十騎俱盪九騎留棄我騂

驄攀巖幽天非降雨追者休阿阿嗚呼奈子乎嗚呼

阿呵李子何

關隴歌 拾遺作苻秦時童謡

晉書曰苻堅時關隴清宴百姓豐樂自長安至於諸州皆夾路樹槐柳二十里一亭四十里一驛旅行者取給於途工商貿販於道百姓歌之 崔鴻前秦錄曰王猛化洽六州人移風變百姓歌之

長安大街夾樹楊槐下走朱輪上有鸞栖英彥雲集誨我萌黎

苻秦鳳凰歌

前秦錄曰苻堅時鳳凰集于東闕歌之曰

鳳凰于飛其羽翼翼淵哉聖后饗齡萬億

淫豫歌 以下世代莫詳

古今樂錄曰晉宋以後有淫預歌酈道元水經注曰白帝山城水門之西江中有孤石名

灔澦石水冬出二十餘丈夏則没亦有裁出
馬江水東逕廣溪峽乃三峽之首也峽中有
瞿塘黄龕二灘夏水回復沿泝所忌國史補
日蜀之三峽最號峻急四月五月尤險故行
者歌之灔或作
豔預或作豫

灔預大如馬瞿塘不可下

李膺益州記云灔澦者猶豫言舟子取途不決水脉故猶豫也杜甫作淫豫坤元錄作冘豫

豔預大如牛瞿塘不可流

同前

淫豫大如鼈瞿唐行舟絶淫豫大如龜瞿唐不可窺

同前

淫預大如馬瞿唐不可下淫預大如象瞿唐不可上

大如馬二句又見古史

同前

大如襆二句又見唐王安紀

灔預大如襆瞿唐不可觸金沙浮轉多桂浦忌經過

升菴詩話曰此舟人商估刺水帷行舟之歌樂府以爲
梁簡文所作非也蜀江之有瞿唐猶廣西桂江之有桂浦
險故瞿唐者則灔澦桂浦者
則淮金沙也今樂府桂浦作桂楫非也

安帝隆安中懊憹歌

同前

儵忽淪沒別無路

水經注

草生可攬結女兒可攬擷尋而桓玄篡位義旗以二月二日掃定京都以玄之宮女及逆黨之子女為軍賞

巴東三峽歌二首

酈道元水經注曰巴東三峽謂廣溪峽巫峽西陵峽也三峽七百里中兩岸連山畧無闕處重巖疊嶂隱蔽天日非亭午夜分不見日月宜都山川記曰自黄牛灘東入西陵界至峽口一百許里山水紆曲林木高茂猨鳴至清山谷傳響泠泠不絶行者聞之莫不懷土故漁者歌曰

巴東三峽巫峽長猨鳴三聲淚沾裳

巴東三峽猨鳴悲猨鳴三聲淚沾衣

同前見水經注

疑原灘謠

疑原如此截為兩首吉氏原綫編為兩首如没

國經

灘頭白勃堅相持倏忽淪没别無期

武陵人歌

閔服制 爲紹圓 白符嘉鳳皇之詩 詠入北狄歌

滟預大如馬，瞿唐不可下。滟預大如象，瞿唐不可上。大如馬二句又見有史

同前

大如襆二句又見蜀王本紀

灩預大如襆，瞿唐不可觸。金沙浮轉多，桂浦忌經過。

升菴詩話曰：此舟人商估之歌，惟行舟之歌，樂府以爲梁簡文所作，非也。蜀江之有瞿唐，猶楚江之有桂浦。險故以瞿唐者則準灩澦，涉桂浦者則準金沙也。今樂府桂浦作桂楫，非也。

安帝隆安中懊憹歌 同前

倏忽浮沒別無形 水經注

故要 洪水

草生可攬結女兒可攬擷尋而桓玄簒位義旗以三月二日掃定京都以[illegible]之宮女及逆黨之子女爲軍賞

巴東三峽歌二首

酈道元水経注曰巴東三峽謂廣溪峽巫峽西陵峽也三峽七百里中兩岸連山畧無闕處重巖疊嶂隱蔽天日自非亭午夜分不見日月宜都山川記曰自黃牛灘東入西陵界至峽口一百許里山水紆曲林木高茂猿鳴至清山谷傳響泠泠不絕行者聞之莫不懷土故漁者歌曰

巴東三峽巫峽長猿鳴三聲淚沾裳

巴東三峽猿鳴悲猿鳴三聲淚沾衣

同前見水經注[illegible]

灩澦白勃堅相持倏忽淪沒別無期

武陵人歌

黄閣武陵記曰有緑羅山側岩粛水懸蘿百里許得明月池碧潭鏡澈百尺見底素岩若雪松如揷翠流風叩阿有絲桐之韻土人為之歌曰

仰兹山兮迢迢層石構兮嵯峨朝日曝兮陽巖落景梁陽一作兮陰阿鄣鬈兮生音吟籟兮相和敷芳兮緑林恬淡兮潤波樂兹潭兮安流緩爾櫂兮詠歌

綿州巴歌

豆子山打瓦鼓揚平山撒白雨下白雨取龍女織得絹二丈五一半屬羅江一半屬玄武

山陰歌

會稽典録曰徐弘字聖通為山陰令誅鋤姦桀道不拾遺民歌之曰

徐聖通為山陰平刑罰無姦宄空

宋歌

宋人歌

檀道濟宋之良將有威名爲敵所畏宋主疑而殺之時人哀而作歌

可憐白浮鳩枉殺檀江州

漁父歌

南史宋時太康孫　爲尋陽太守有漁父歌曰丨遂逝

竹竿籊、河水浟、相忘爲樂貪餌吞鉤非夷非惠聊以忘憂

齊歌

王子年歌

南史曰齊太祖高皇帝諱道成姓蕭氏未受命時王子年[illegible]作此歌

欲知其姓草肅〻穀中最細低頭熟鱗身甲體永興福

三禾摻〻林茂孳金刀利刃齊刈之

未幾蕭道成興

蘇小小歌

一日錢塘蘇小小歌樂府廣詩曰蘇〻小〻錢塘名倡也蓋南齊時人西陵在錢塘江之西歌云西陵松柏下是也

妾乘油壁車郎騎青驄馬何處結同心西陵松柏下

永明初歌

齊書五行志曰永明初百姓歌後河閒〻閤郎來白者金色馬者兵事三年妖賊唐寓之

起言唐來勞也

白馬向城啼欲得城邊草

桓康歌

南史曰桓康蘭陵人也隨武帝起兵摧堅陷陣膂力絶人江南人畏之高帝鎮東府除武陵王中兵寧朔將軍常侍衛左右帝誅黄回回使康數回罪然後殺之時人語曰

欲侜張問桓康

長沙王歌

南史曰長沙威王晃高帝四子也少有武力昇明中為淮南宣城二郡太守晃便弓馬初沈攸之事起晃多從容武赫奕都街時人為之語曰

煥煥蕭四繖

都人歌

南史曰永明末都下人士盛為文章談義皆湊竟陵西邸繪為後進領袖時張融言辭辯

捷周顒獨爲清綺而繪音采不贍麗雅有風則時人爲之語丨丨言繪處二人間也

三人共宅夾清漳張南周北劉中央

南州歌

南史曰江革爲尋陽太守清嚴爲屬城所憚正直自居不與典籤趙道智坐道智還都啓事誣奏革墮事好酒以瑯琊王曇聰代爲行事南州士庶爲之語曰

故人不道智新人佞散騎莫知度不度新人不如故

差山歌

南史曰沈麟士隱居餘不吳差山講經教授從學士數十百人各營屋宇依止其側時人爲之語曰

差山中有賢士開門教授居成市

齊東昏時歌

南史齊東昏時百姓歌曰

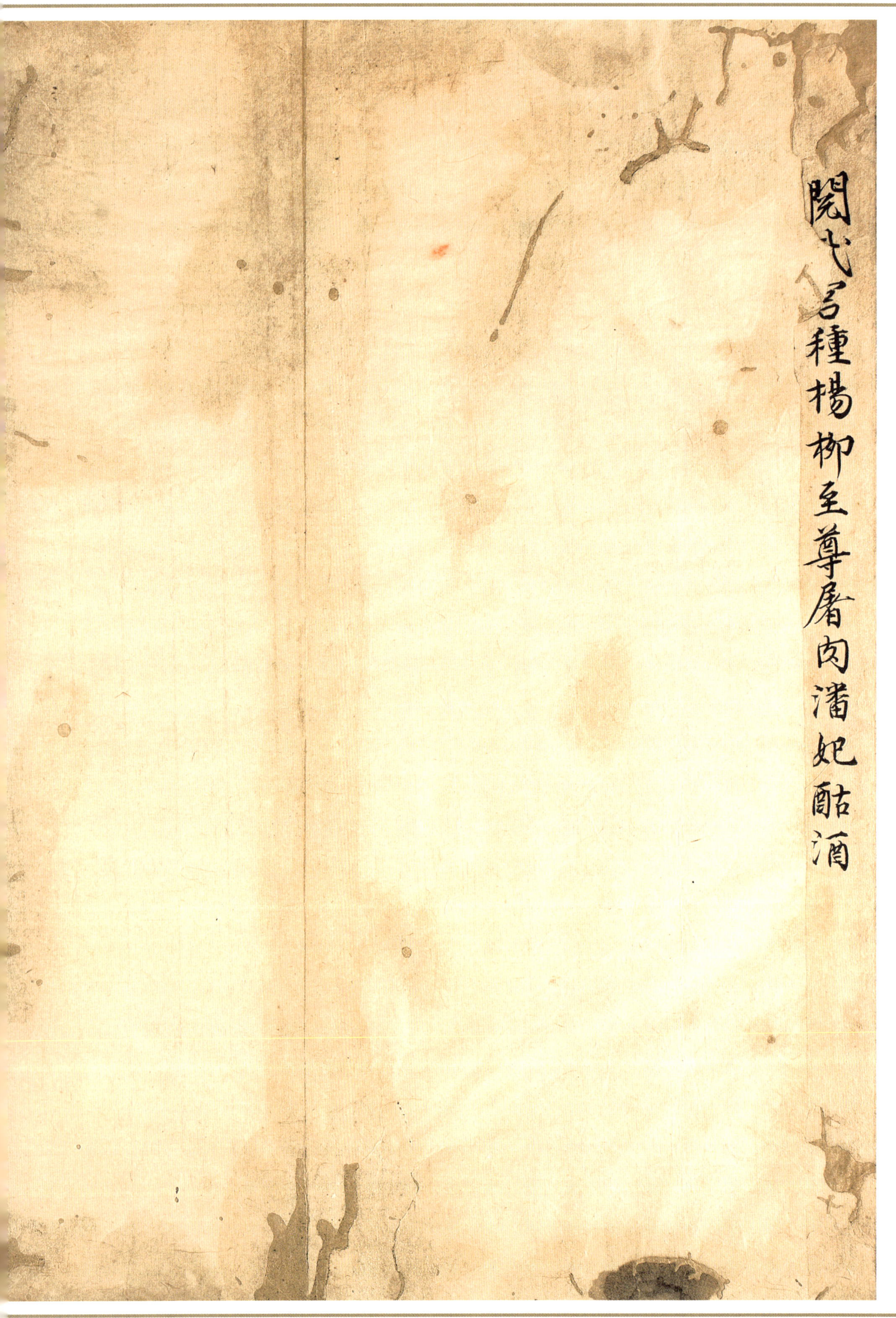

閱弋宮種楊柳至尊屠肉潘妃酤酒

梁歌

洛陽歌

南史曰大通初武帝遣飈勇將軍陳慶之送魏北海王元顥還北主魏轉戰而前連破魏軍顥入洛陽宮御前殿改元大赦于時上黨王元天穆來攻慶之大破之慶之麾下悉着白袍所向披靡先是洛陽人歌丨丨至是果驗

名軍師大將莫自勞千兵萬馬被白袍

始興王歌

南史曰梁始興忠武王憺爲都督荊州刺史時天監初軍旅之後公私匱乏憺厲精爲政廣闢屯田減省力役供其窮困辭訟者皆立待符教決於俄頃曹無留事下無滯獄後徵還朝而民歌之荊土方言謂爹爲父故云

始興王人之爹從我父赴人急如水火何時復來哺我

梁書 始興王人之爹赴急如水火何時來哺我

北軍歌

南史曰梁臨川靜惠王宏為揚州刺史天監中武帝詔都督諸軍侵魏宏以帝之介弟所領皆器甲精新軍容甚盛北人以為百數十年皆未之有軍次洛口前軍克梁城諸將欲乘勝深入宏聞魏援近畏懦不敢進召諸將欲議旋師呂僧珍曰知難而退不亦善乎柳玭等議不旋等宏不敢違群議停軍不進魏人知其不武遺以巾幗比軍乃歌〡〡常武羸也

不畏蕭娘與呂姥但畏合肥有常武

夏侯歌

梁書曰夏侯夔為豫州刺史於蒼陵立堰溉田千餘頃境内賴之夔兄亶先居此任兄弟並有恩惠百姓歌之

我之有州賴彼一作得夏侯前兄後弟布政優優

鄱陽歌二首

南史曰陸襄吳郡人為鄱陽内史先是郡人鮮于琮反文卯襄遣兵破之生獲琮時鄰郡

按琣黨與因求貨賄皆不得其實或有善
人盡室羅禍唯襄郡枉直無濫人歎之曰

鮮于抄後善惡分人無橫死賴陸君

同前

南史曰郡人有彭李二家先用忿爭遂相誣
告襄引入內室不加責誚但和言解喻之二
人感恩深自悔咎乃為設酒食令其盡
勸酒罷同載而還因相親厚人又歌曰

陸君政無怨家鬬既罷讐共車

瞿塘行人歌

南史曰庾子輿新野人有孝性丁毋憂哀至
輒嘔血父卒於蜀子輿哀痛將絕奉喪還鄉
秋水猶壯巴東有淫預石高出二十許丈及
秋咥則纔如見次有瞿塘大灘行旅忌之部
伍至此石猶不見子輿撫心長叫其夜五更
水忽退減安流南下及度水復舊行人為之
語曰

淫預如幞本不通瞿塘水退為庾公

王彬歌

南史曰王彬好文章習篆隸與志齊名時人為之語曰

三真六草為天下寶

三河歌二首 古謠

南史曰何思澄與宗人遜及子朗俱擅文名時人語曰ㄧㄧ思澄聞之曰此言誤耳如不然固當歸遜思澄意為宜在已也

東海三何子朗最多

人中爽爽有子朗 子朗字世明有才思

雍州歌

南史梁蕭恪年少為雍州委群下江仲舉蔡薳王臺卿庾仲容四人並有蓄積故人間歌武帝聞之援由盍未叫人憒、不如客

江千萬蔡五百王新車庾大宅主人憒、不如客

陳歌

齊雲觀歌

隋書五行志曰陳后主造齊雲觀國人歌之功未畢而為隋師所虜

齊雲觀寇來無際畔

張種歌

陳書曰張種少恬靜居處雅正不妄交遊造無造請時人為之語曰

宋稱敷演梁作卷充清虛學尚種有其風

二賀歌

唐書曰賀臨仁越州山陰人在陳與兄德基師事周弘正以文辭稱人為語曰

學行可師賀德基文質彬彬賀德仁

枯樹歌

北史曰王劭隋文帝時爲著作郎上表言符命曰陳留老子祠有枯栢世傳云老子將度世云待枯栢生東南枝迴指當有聖人出吾道復行至齊枯栢從下生枝東南上指夜有三童子相與歌曰云云及至尊牧亳州親至祠樹之下自是栢枝回抱其枯枝漸指西北道教果行考較衆事太平主出於亳州陳留之地皆如所言

老子廟前古枯樹東南枝（隋書作狀）如繖聖主從此去

長白山歌

北史曰來整榮國公護見之子也尤驍勇善撫御討擊群賊所向皆捷諸賊歌之

長白山頭百戰場十十五五把長鎗不畏官軍十（一作千）萬衆只怕榮公第六郎

樊安定歌

隋書曰樊叔略陳留人仕周封清鄉縣公受禪進爵安定郡公相州刺史政爲當時第一百姓爲之語曰

智無窮清鄉公上下正樊安定

崔李歌

隋書曰武城崔儦與頓丘李若俱見稱重時人謂之語曰齊人後入隋

京師灼灼崔儦李若

挽舟者歌

海山記曰煬帝御龍舟夜半聞歌者甚悲帝遣人求之不得

我見征遼東餓死青山下今我挽龍舟又困隋隄道

方今天下飢路粮無些小前去三十程此身安可保

寒骨枕荒沙幽魂泣烟草悲損門內妻望斷吾家老

安得義男兒爛此無主屍引其孤魂回負其白骨歸

煬帝二竪子歌

往亦死去亦死未若乘舡渡江水

于公歌

隋書曰于仲文字次武比周時爲遷安太守州刺史屈突尚字文護之黨也先坐事下獄無敢繩者仲文至郡窮治遂竟其獄蜀中爲之語曰

明斷無雙有于公不避強禦有次武

北朝歌

北魏裴公歌

北史曰裴俠大統中爲河北郡守俠躬履儉素愛民如子郡舊有漁獵夫三十人以供郡守俠曰以口腹役人吾所不爲也悉罷之又有丁三十人供郡守役俠亦不私並收庸爲市官馬歲時既積馬遂成郡去職之日一無所取民歌之云

肥鮮不食丁庸不取裴公貞惠爲世規矩

李波小妹歌

魏書曰廣平人李波宗族彊盛殘掠不已公私成患百姓爲之語曰丨丨刺史李安世設方畧誘波等殺之州内肅然

李波小妹字雍容褰裙逐馬如卷蓬左射右射必疊雙婦女尚如此男子安可逢

後魏咸陽王歌

北史曰後魏景明中咸陽王禧謀逆伏誅宮人為之歌其歌遂流於江表北人之在南者聞弦管奏之莫不灑泣

可憐咸陽王柰何作事誤金牀玉肌不能眠夜踏霜與露一作夜起踏霜露洛水湛湛彌岸長行人那得渡

府君頌

北史曰呂顯字子明皇始初拜鉅鹿太守清身奉公百姓頌之

時惟府君克清克明緝我荒土人胥樂生願壽無疆以亨長齡

敕勒歌

樂府廣題曰北齊神武攻周玉壁士卒死者十四五神武恚憤疾發周王下令曰高歡鼠子親犯玉壁劍弩一發元兇自斃神武聞之勉坐以安士衆悉引諸貴使斛律金唱敕勒神武自和之○其歌本鮮卑語

長安歌

晉載記苻堅納慕容沖姊清河公主沖年十四有龍陽之姿姊弟專寵宮人莫進歌云庾信哀江南賦注初稱武帝時紅人李氏一云

一雌復一雄雙飛入紫宮

李波小妹歌

魏書曰廣平人李波宗族彊盛殘掠不已公私咸患百姓爲之語曰｜｜刺史李安世設方畧誘波等殺之州内肅然

李波小妹字雍容褰裙逐馬如卷蓬左射右射必疊雙婦女尚如此男子安可逢

後魏咸陽王歌

北史曰後魏景明中咸陽王禧謀逆伏誅宮人爲之歌其歌遂流於江表北人之在南者聞弦管奏之莫不灑泣

可憐咸陽王柰何作事誤金牀玉肌不能眠夜踏霜與露一作夜起踏霜露洛水湛湛彌岸長行人那得渡

府君頌

北史曰呂顯字子明皇始初拜鉅鹿太守清身奉公百姓頌之

時惟府君克清克明緝我荒土人胥樂生願壽無彊以享長齡

勅勒歌

樂府廣題曰北齊神武攻周玉壁士卒死者十四五神武恚憤疾發周王下令曰高歡鼠子親犯玉壁劍弩一發元兇自斃神武聞之勉坐以安士衆悉引諸貴使斛律金唱勅勒神武自和之○其歌本鮮卑語

敕勒川陰山下天似穹廬籠蓋四野天蒼蒼野茫茫風吹草低見牛羊

鄭公歌

北史曰鄭述祖天保中爲兗州刺史有人入市盜布其父執之以歸述祖述祖特原之自是境内無盜先是述祖父道昭亦嘗爲兗州刺史故百姓歌之

大鄭公小鄭公相去五十載風教尚猶同

蘇宋歌

北史曰宋世軌齊天保中爲大理少卿執獄寬平多所全濟大理正蘇珍之以平幹知名時人以爲二絶寺中語曰

決定嫌疑蘇珍之視表見裏宋世軌

裴讓之歌

北史曰河中裴讓之遷主客郎省中語曰

能賦詩裴讓之（陽休之好學愛文藻時人爲之語曰能賦詩陽休之）

宇文周宣王歌

自知身命促秉燭夜行遊

濟北歌（北史崔伯温爲濟北太守人歌之）

崔府君能臨政退田易鞭布威德人無争

玉浪歌 佛讖

江槎分玉浪管炬開金鎖五口相共行九十無彼我

唐歌

武德初廬州顏有道歌

唐書顏遊秦師古叔父武德初爲廬州刺史郡人歌之

廬州顏有道性行同莊老愛民如赤子不殺非時草

桃李子歌

唐起居注案李爲國姓桃當作陶若言陶唐也配李而言故云桃花園宛轉屬今幡汾晉老幼謳歌之以帝幡旗四合赤白相映若花園也

桃李子莫浪語黃鵠遶山飛宛轉花園裏

貞觀中新河歌

薛大鼎貞觀中爲滄州刺史州界有無棣河隋末塡廢大鼎奏開之引魚塩於海百姓歌之

新河得通舟楫利直達滄海魚塩至昔日徒行今結駟美哉薛公德滂被

薛將軍歌

薛仁貴擊九姓突厥於天山時九姓有衆十餘萬仁貴令驍健數十人逆来挑戰仁貴發三矢射殺三人其餘一時下馬請降仁貴恐爲後患並坑殺之於是九姓衰弱不復爲患邊人歌之

將軍三箭定天山戰士長歌入漢關

龍朔中童歌有突厥鹽

鹽曲名有黃帝鹽阿鵲鹽昔昔鹽唐書又云武后時民間飲酒謳歌曲不盡者謂之族鹽其聲流于宋時有烏鹽角或謂得曲盡于鹽角中妄說也時有突突鹽之警

其辭亡傳

永淳後民歌

楊柳漫頭駝其後徐敬業舉兵討武后自授揚州司馬李孝逸擒斬之騮馬馱入洛

垂拱後東都契苾歌皆淫艷之詞契苾張易之小字

其辭亡傳

如意中黃麞歌

如意中歌

黃麞黃麞草裡藏彎弓射尔傷其後王孝傑敗於黃麞谷

永徽中

永徽中田使君歌田仁會為郢州刺史百姓歌之

父母育我田使君精誠爲人上天聞田中致田山出雲

郢州歌

唐田仁會爲郢州刺史天旱祈雨
其年大熟百姓歌曰

父母育我田使君精誠爲人上天聞田中致雨山出雲倉庫既實禮義申但願常在不患貧

楊妃夫人歌

唐玄宗寵貴妃楊氏三姊俱爲
夫人出入宮掖勢傾天下天下歌曰

男不封侯女作妃君有女卻作門楣

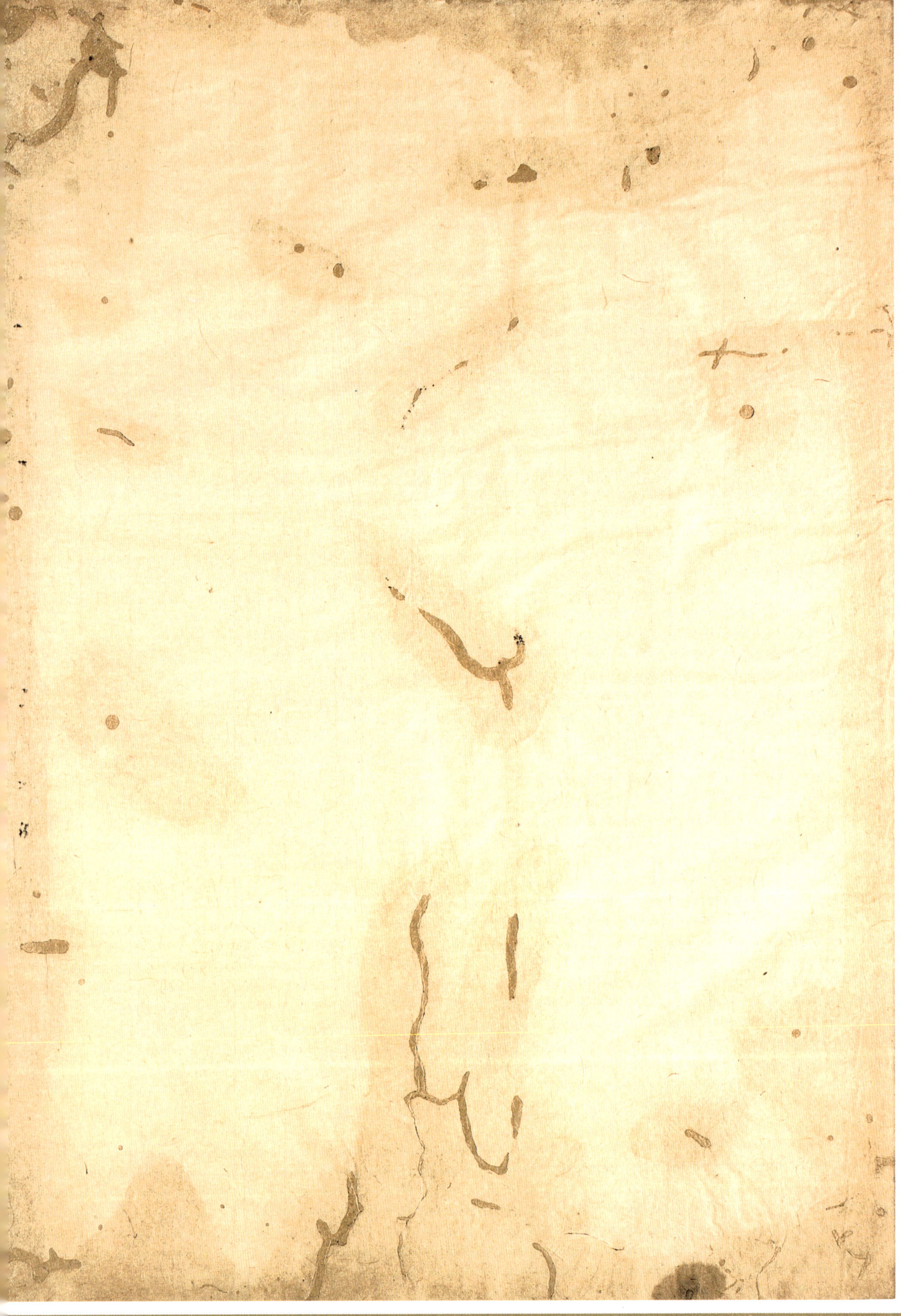

宋歌

孫王二公歌　宋家破荒孫公海王驕兵俾無流亡　又云

淳熙十四年都城市井歌　[illegible]

汝亦不我〻來家我亦不來汝家　後紹興二三年其事始應於兩宮

淳熙末莎衣道人歌

胡孫死鬧啾啾也須還我一百州　後金酋葛王死其孫璟立不以序詳酋長立內亂志士以不撫机為惜

嘉定三年都城市井歌

東君去後花無主　未幾景獻太子薨

淮西汪秀才歌　舒城狂生汪華謀不軌州兵入其家縛之

有箇秀才姓汪騎箇驢兒渡江江又過不得做盡千萬趙將

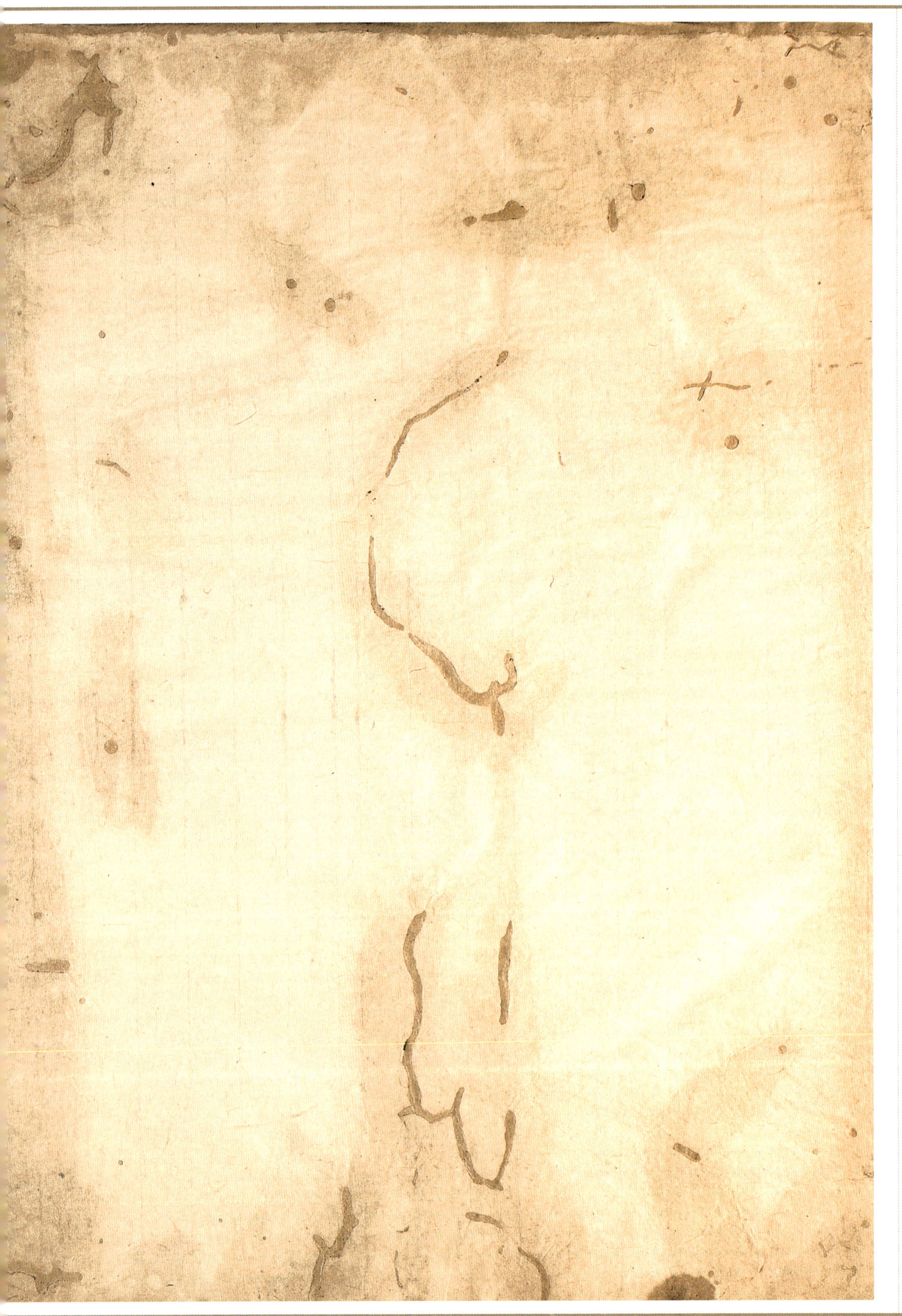

李翰歌

蘇州詩

從吏翰欲寬且早邑　自從大曆民安西破沒

書者因叟　見報元稹諸察

滇南張王女歌

滇聲張記　高宗中開基金陵段宮老其舞段　洛官

玄宗會以入京奉表詢歎時有張女出宮女目疾

莫道其人有山海之山河之咲諧、園中花謝千家系

別有明主事

李翰之月年于翰勞士浩

寒張垣陰南碧上月色來易應水大

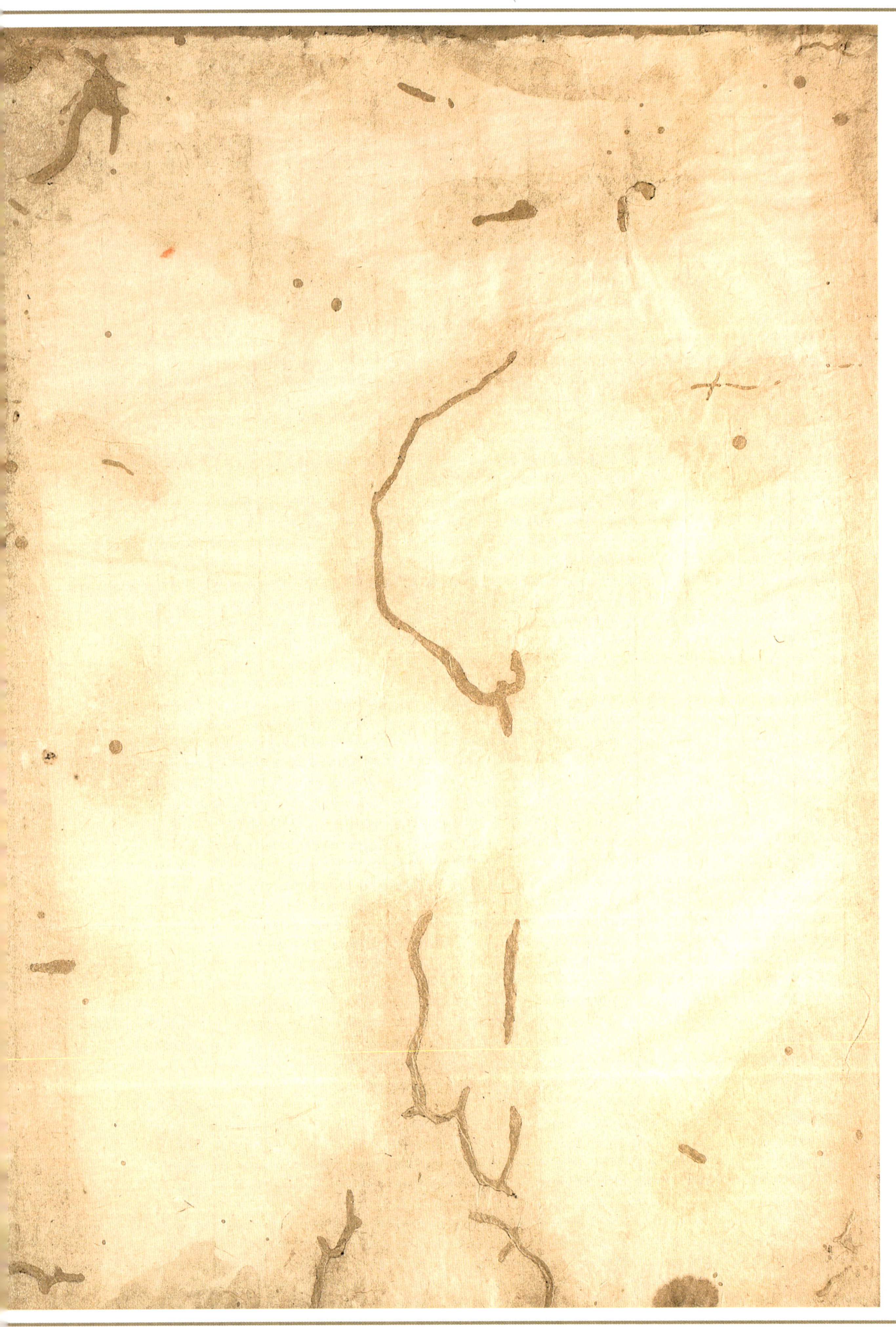

謡

唐謡

康衢謡

列子曰堯治天下五十年不知天下治與不治與億兆願戴己與乃微服遊於康衢聞童兒謡、丨堯喜問曰誰教爾爲此言童兒曰聞之大夫大夫曰古詩也

立我烝民莫匪爾極不識不知順帝之則

中候稷起謡　詩緯

蒼耀稷生感迹

昌握契謡　詩緯

玄鳥翔水遺卵流娀簡狄吞之生契封

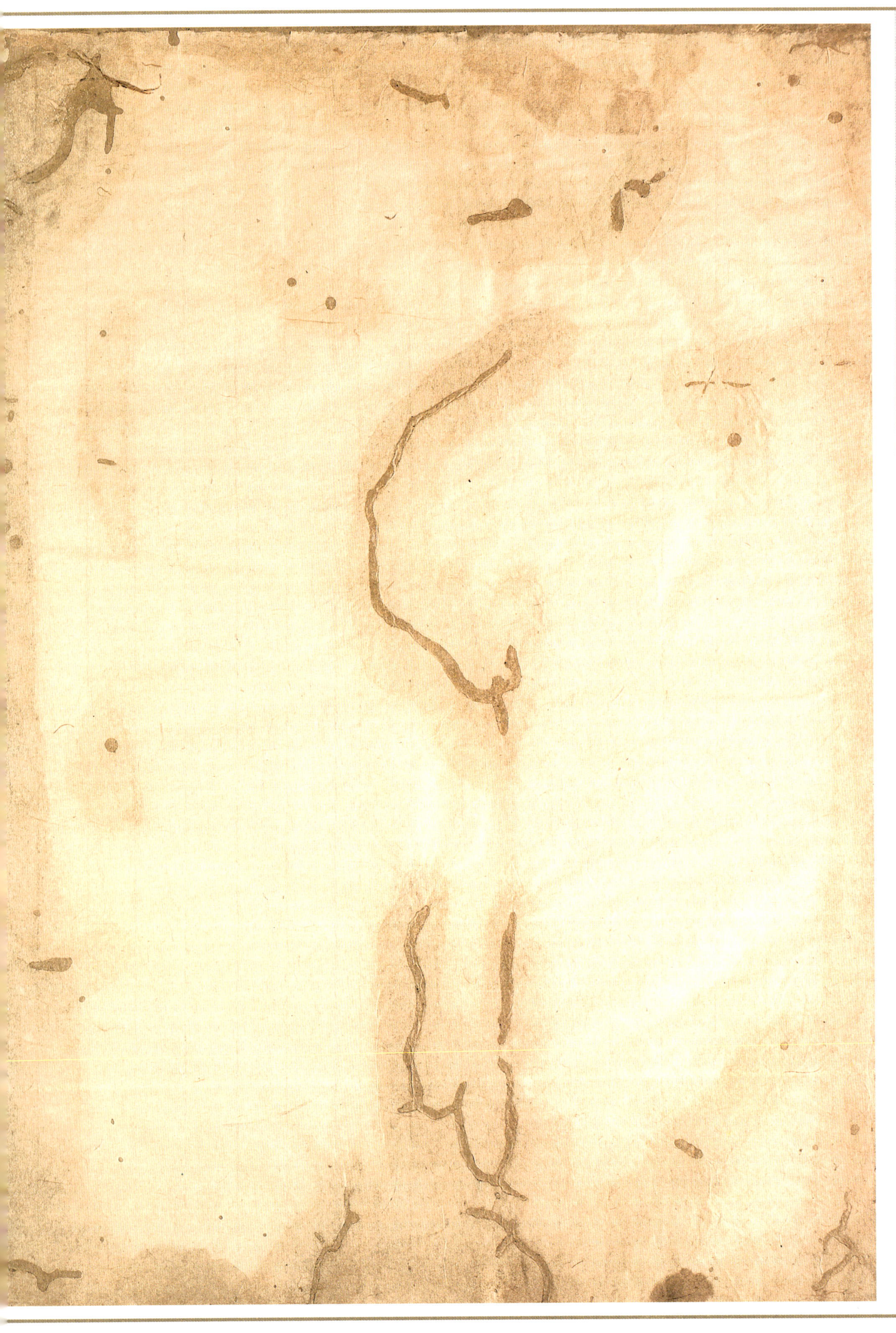

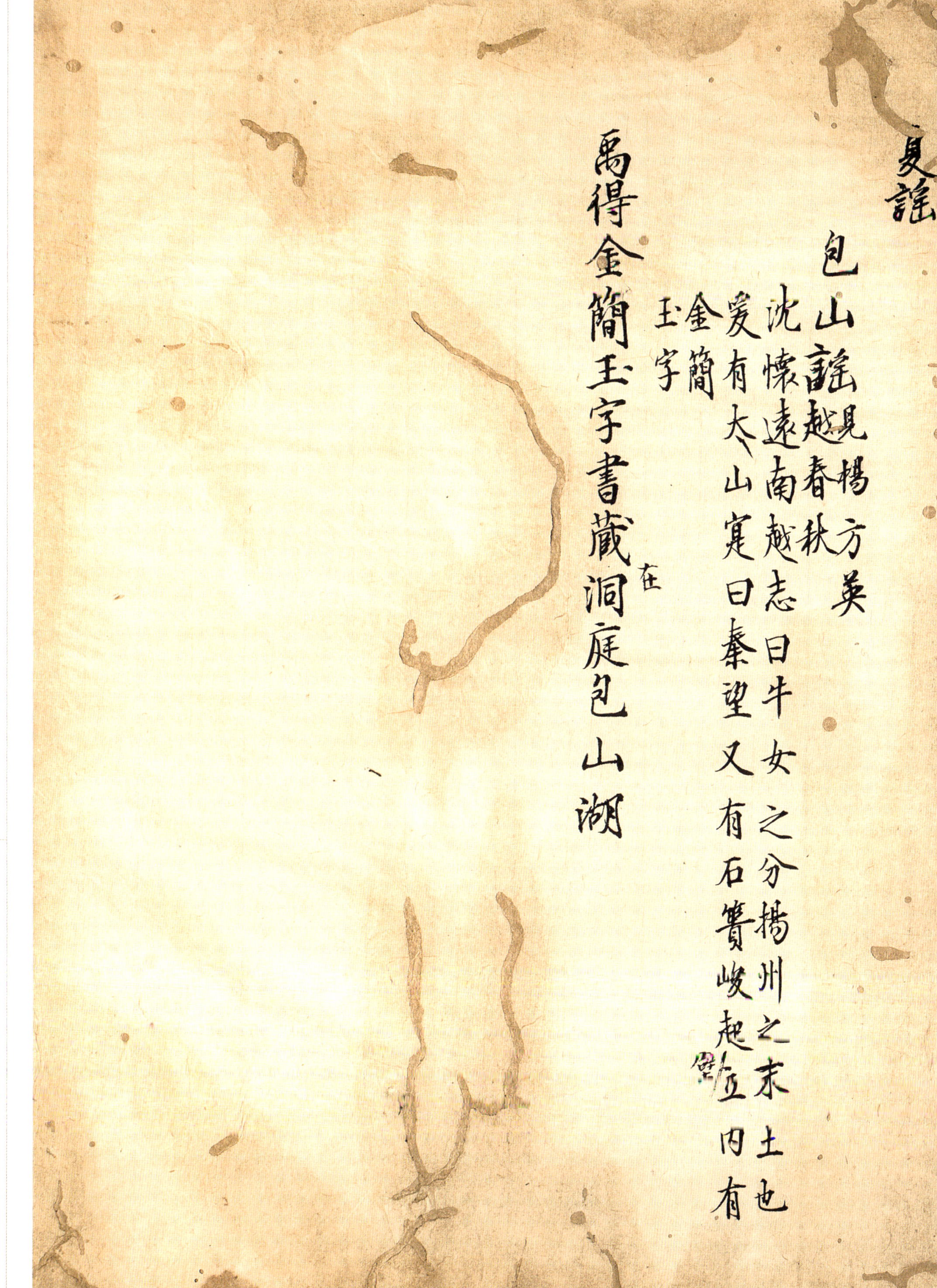

夏謠

包山謠見楊方吳越春秋

沈懷遠南越志曰牛女之分揚州之末土也爰有大山寔曰秦望又有石簣峻起壁立内有金簡玉字

禹得金簡玉字書藏在洞庭包山湖

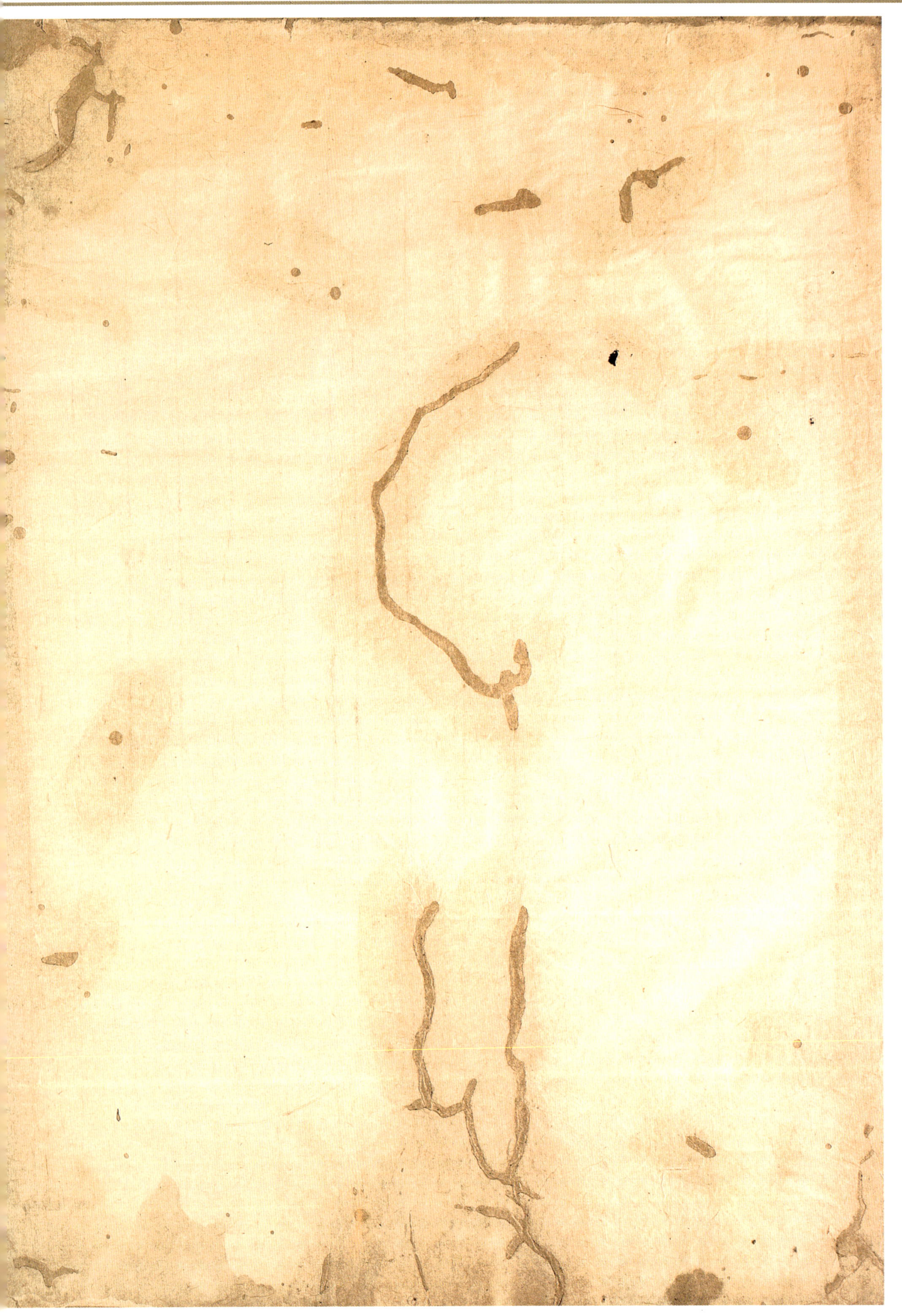

周謠

殷末謠 三首

代殷者姬昌日衣青光 春秋元命包

殷惑妲己玉馬走 殷尚白也陳子昂詩昔子殷王子玉馬遂朝周○走音近起○論語比考讖

上天弗恤夏命其卒 呂覽

綏山謠

列仙傳曰葛由者羌人也周成王時好刻木羊賣之一旦騎羊而入西蜀蜀中王侯貴人追之上綏山隨之者不復皆得仙道故里諺曰

得綏山一桃雖不得仙亦足以豪

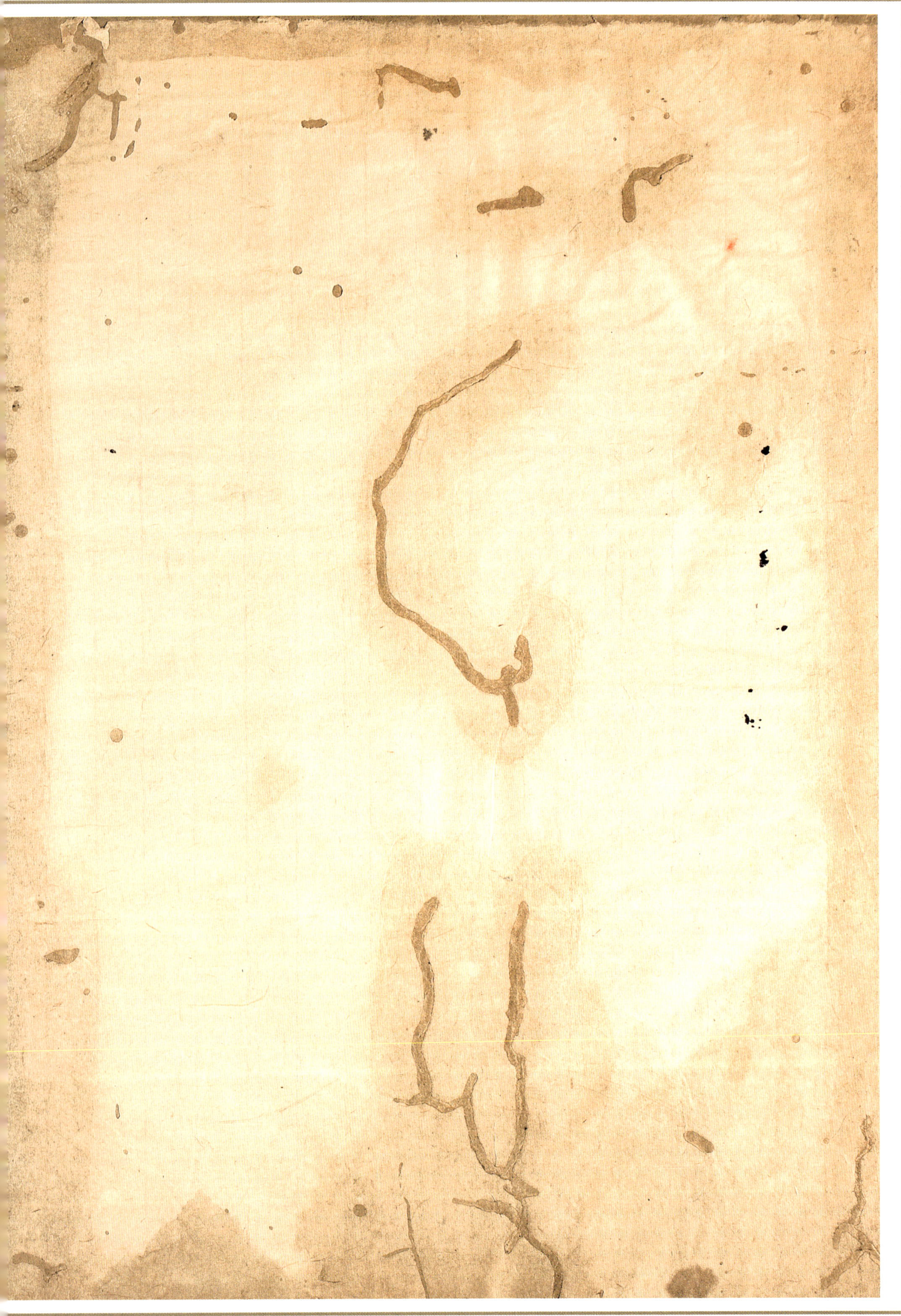

周謡

隨雒二謡 二首〇詩緯

昌受符厲倡嬖期之十世權在室

剌者配姬以放賢山崩水潰納小人家伯罔主異載

震 剌者指艷妻也孔穎達曰剌艷古今字耳

白雲謡 三章

穆天子傳曰乙丑天子觴西王母于瑤池之

上西王母為天子謡曰

白雲在天山陖 陵 自出 叶尺為反 道里悠遠山間川 音諫 之

將子無死尚能復來 叶陵之反將請也尚庶幾也

穆天子荅之曰謡 荅曰

予歸東土和治 一作洽 諸夏 叶後五反 萬民平均吾願見女

比及三年將復而野叶上與反顧還也復反此野而見汝也

天子遂驅升于弇山弇弇茲山日入所也乃紀丌跡于弇山之石而樹之槐眉曰西王母之山還歸

丌世民作憂以吟曰

比徂西土徂往也爰居其野虎豹為群於鵲與處於讀曰烏嘉命不遷言守此一方我惟帝帝天帝也天子大命而不可稱顧世民之恩流涕芔隕吹笙鼓簧中心翔翔無世薄也民之子唯天之望所瞻望也

穆天子謠

予歸東土和合諸夏萬民平均吾顧見汝比及三年將復而野

黄澤謠

緱山謠

列仙傳曰葛由者羌人周成王時好刻木爲羊一旦騎羊入蜀上綏山綏山在峨眉山西南無極隨之者皆得仙山人爲祀故里諺曰得綏山一桃雖不得仙亦足以豪

異載

穆天子傳曰［……］天子觴西王母于瑤池之上西王母爲天子謠曰

白雲在天山陸陵自出叶尺爲反道里悠遠山間川音諫之

將子無死尚能復來叶陵之反將請也尚庶幾也

穆天子答之曰諠答曰

予歸東土和治一作洽諸夏叶後五反萬民平均吾顧見女

比及三年將復而野（叶上與反顧還也復反此野而見汝也）

天子遂驅升于弇山（弇弇茲山日入所也）乃紀丌跡于弇山之石而樹之槐眉曰西王母之山還歸丌世民作憂以吟曰

比徂西土（徂往也）爰居其野虎豹為群於鵲與處（於讀曰烏）嘉命不遷（言守此一方）我惟帝（帝天帝也）天子大命而不可稱顧世民之恩流涕芔隕吹笙鼓簧中心翔翔（[illegible]無世薄也）民之子唯天之望（所瞻望也）

〇

穆天子謠

予歸東土和合諸夏萬民平均吾顧見汝比及三年將復而野

黃澤謠

穆天子傳曰天子東遊于黄澤使宫樂謡云

黄之池（一作陁）其馬歕沙（歕䶜也善問切沙叶音莎）皇人威儀（叶音俄）

黄之澤（叶達各反）其馬歕玉（叶音珏）皇人受（補註作壽）穀（叶同玉穀生也）

西王母吟（見海外經）

徂彼西土爰居其所虎豹為群烏鵲與處嘉命不遷

我惟帝女彼何世民又將去予吹笙鼓簧中心翱翔

世民之子維天之望

周宣王時童謡（史記作童女謡國語○漢書五行志有女字）

史記曰夏后氏之衰也有二龍止于帝庭而

言曰予褒之二君夏帝卜藏其漦歷夏殷莫

敢發至厲王之末發而觀之漦化為玄黿以

入后宫童女遭之而孕生女懼而棄之宣王

之時童女謠曰丨丨適有夫婦賣是器者宣王使執之逃于道見鄉者所棄妖子哀而收之犇於褒褒人有罪請入棄女于王以贖是為褒姒幽王嬖之

檿弧箕服叶實亡周國 山桑曰檿弧弓也箕竹名服矢房也○列子良弓之子必學為箕箕蓋矢房舊說以為箙箕之箕非○顏師古曰服盛箭者今之步叉其草似荻而細織之為服也○按箕字韋昭以為木名師古以為草名

魯童謠 左氏傳魯文成之世童謠也至昭公時有鸜鵒來巢公攻季氏敗出奔齊居外野次乾侯八年死于外歸葬魯昭公名裯公子宋立是為定公

鸜之鵒之公出辱之鸜鵒之羽公在外野叶往饋之馬叶壯鸜鵒跦跦音誅叶周公在乾侯徵褰與襦鸜鵒之巢遠哉遙遙裯父喪勞宋父以驕鸜鵒鸜鵒往歌來哭

晉獻公時童謠

左氏傳曰晉獻公伐虢圍上陽問於卜偃曰吾其濟乎偃以童謡對曰克之十月丙子旦日在尾月在策鶉火中必是時也冬十二月丙子朔晉滅虢虢公醜奔京師漢書五行志曰周十二月夏十月也言天者以夏正

丙之晨龍尾伏辰均服振振取虢之旂鶉之賁賁賁音奔天策焞焞火中成軍虢公其奔龍尾尾星也日月之會曰辰日在尾故尾是伏不見均同也戎事上下同服振振盛貌鶉〻火星也賁〻鳥声之體也天策傅說星時近日星微焞焞無光耀也言丙子平旦鶉火中軍事有成功也

晉惠公時童謡

漢書五行志曰晉惠公賴秦力得立立而皆秦内殺二大夫國人不説及更葬其兄恭太

子申生而不敬故詩妖作也後與秦戰爲秦所獲立十四年而死晉人絕之更立其兄重耳是爲文公遂伯諸侯

恭太子更葬（叶滋郎反）兮後十四年晉亦不昌昌乃在其兄（叶虛王反）

楚昭王時童謠

家語曰楚昭王渡江江中有物大如斗圓而赤直觸王舟舟人取之王怪之使使聘於魯問于孔子孔子曰此萍實也可剖而食之吉祥也唯霸者爲能獲焉使者反王遂食之大美使來以告魯大夫大夫因子游問曰夫子何以知其然曰吾昔之鄭過乎陳之野聞童

謡丨丨此楚王之應也是以知之
楚王渡江得萍實大如斗赤如日剖而食之甜如蜜

春秋時長狄謡 易訣占
豐其屋下獨苦長狄生世主虜

齊人謡 春秋寶乾圖
移河為界在齊呂填閼入流以自廣 書九河注疏引之[illegible]齊桓公閼八流拓境塞其東流八枝并使歸于徒駭也

論語比考讖
子欲居九夷從鳳嬉

齊人東郭謡
東郭有犬嘊嘊日夕欲噬我猳西郭有犬嘊〻日夕欲噬我猳北郭有犬嘊嘊日夕欲噬我猳 指豎刁易牙開方三子也

吳夫差時童謠

述異記吳王夫差立春宵宮為長夜之飲造千石酒鍾人作天池池中造青龍舟日與西施為水嬉又有別館在句容湫梧成林樂府云云是也

梧宮秋吳王愁

周末時童謠 家語

天將大雨商羊鼓儛

楚人謠

史記曰楚懷王為張儀所欺客死於秦到王負芻遂為秦所滅百姓哀之為之語曰

楚雖三户亡秦必楚 亡秦漢高帝楚人也

靈寶謠

靈寶要畧曰昔太上以靈寶五篇真文以授

晉世之謠 [illegible]

皇娥倚瑟 [illegible]

[illegible]

枝并使歸于徒駿也

論語比考讖

子欲居九夷從鳳嬉

齊人東郭謠

東郭有犬嘊嘊日夕欲噬我猳西郭有犬嘊嘊日夕欲噬我猳北郭有犬嘊嘊日夕欲噬我猳指豎刁易牙開方三子也

吳夫差時童謡

述異記吳王夫差立春宵宮為長夜之飲造千石酒鍾人作天池池中造青龍舟日與西施為水嬉又有別館在句容楸梧成林樂府云——是也

梧宮秋吳王愁

周末時童謡 家語

天將大雨商羊鼓儛

楚人謡

史記曰楚懷王為張儀所欺客死於秦到王負芻遂為秦所滅百姓哀之為之語曰

楚雖三戶亡秦必楚 亡秦漢高帝楚人也

靈寶謡

靈寶要畧曰昔太上以靈寶五篇真文以授

帝嚳帝嚳将仙封之於鍾山至夏禹廵狩度稽水登鍾山遂是得文後復封之包山洞庭之室吴王闔閭出遊包山見一人自言姓山名隱居闔閭扣之乃入洞庭取素書一卷呈闔閭其文不可識令人齎之問孔子孔子曰

丘聞童謡——闔閭乃尊事之

吴王出遊觀震湖龍威丈人名隱居北上包山入靈墟乃入洞庭竊禹書天地大文不可舒此文長傳百六初若强取之出喪國廬

攻狄謡

戰國策曰田單攻狄三月而不克齊嬰兒謡曰

大冠若箕脩劍拄頤攻狄不能題叶年亙下壘一有千字枯丘

叶袪其反大冠武冠也壘枯丘謂空守一丘為壘說苑作梧丘地名也通鑑云攻狄不能下壘枯骨成丘

趙童謡

史記趙幽繆王遷五年代地大動六年大饑民謡言曰——七年秦人攻趙趙大將李牧將軍司馬尚將擊之李牧誅司馬尚免趙忽及齊將顏聚代之趙忽軍破齊顏聚亡去以王遷降風俗通曰趙遷信秦反間之言殺其良將李牧而趙任括遂為所滅

趙為號秦為笑平声以為不信視地上一作之生毛

出沿の氣

泗上謡

水經注周顯王四十二年九鼎淪沒泗淵秦始皇時見於泗水始皇大喜使數千人入水

系而行未出龍齒噛断其系故泗上為之謠

曰

稱樂太早絶鼎系

河圖引蜀謠 秦宓傳又引 汶一作崏

汶阜之山江出其腹帝以會昌神以建福

大飢石殘 乃有浮筠大旱千里亢見蜀有廣澤 此句可見古存

列女傳引古諺

食石食金鹽可以支常久食玉玟可以得長壽

齊人頌 七畧作齊語 以下數語

史記荀卿趙人年五十始來遊學於齊騶衍衍迂大而閎辨奭也文具難施淳于髡久與處時有得善言故齊人頌曰

天口騈談天衍雕龍奭炙轂過髡 史記無天口騈三字騈田騈也

騶行所言五德終始天地廣大故曰雕龍過字作輠輠者車之盛膏器也炙之雖盡猶有餘流言淳于髡智不盡如炙輠也

會稽諺

射的白斗一百射的玄斗一千

諺射的明則米賤暗則米貴

越絕書富陽縣東面十八里有射的山土人常以占穀食

秦謠

秦人謠（見張衡西京賦註）

虞喜志林曰秦穆公夢之天帝所奏鈞天樂賜以金策祚世之業當時有謠曰

天帝醉秦暴金誤隕石隆（鳳雅逸篇註曰張平子曰昔者天帝說秦穆公而覲之饗以鈞天廣樂帝有醉焉乃為金策賜用此土而翦諸鶉首即此說也美憤亂疾世若説可詐稱天夢者）

泗上謠（前段抄）

三秦記民謠

武功太白去天三百孤雲兩角去天一握山水險阻黃金子午蛇盤鳥櫳勢與天通（水經註褒道謠蕭溪赤木盤蛇七曲盤羊烏櫳勢與天通）

秦皇時民謠（楊泉物理論）

生男慎勿舉生女哺用脯不見長城下尸骸相撐拄

甘泉謡　史記正義

運石甘泉口河水不敢流千人唱萬人謳金陵餘石大如漚

~~秦人謡~~

~~力則任鄙智則樗里~~　史記樗里子秦惠王異母弟滑稽多智秦人號曰智囊謡云｜

長水謡

城門有血城當陷沒為湖　搜神記由拳縣秦時長水縣始皇時童謡曰｜有嫗聞之朝朝往窺門將欲縛之嫗言其故後門將以犬血塗門嫗見血走去忽有大水欲沒縣主簿令幹入白令令曰何忽作魚幹曰明府亦作魚遂淪為湖

秦謠

秦人謠 見張衡西京賦註

虞喜志林曰秦穆公夢之天帝所奏鈞天樂賜以金策祚世之業當時有謠曰

天帝醉秦暴金誤隕石墜 風雅逸篇註曰張平子曰昔者天帝説秦穆公而覲之饗以鈞天廣樂帝有醉焉乃為金策賜用此土而剪諸鶉首即此説也羌憤亂疾世若誤可訴在天夢夢者

泗上謠 前後出

三秦記民謠

武功太白去天三百孤雲兩角去天一握山水險阻黃金子午蛇盤烏櫳勢與天通 水經註褒道謠循溪赤木盤蛇七曲盤羊烏櫳勢與天通

秦皇時民謠 楊泉物理論

生男慎勿舉生女哺用脯不見長城下尸骸相撑柱

甘泉謡　史記正義

連石甘泉口河水不敢流千人唱萬人謳金陵餘石大如甌

秦人謡

力則任鄙智則樗里　史記樗里子秦惠王異母弟滑稽多智秦人號

長水謡

楊妃謡

生女勿悲酸生男勿喜歡　又男不封侯女作妃君看女却為門楣

見樂史楊太真外傳

楚人諺

漢謠

○楚人諺

得黄金百斤不如得季布一諾 史記季布傳曹丘生引楚人諺

漢初童謠 雲笈七籤

西王母傳曰漢初有四五小兒戲於路中一兒謌曰〻〻〻時人莫知唯張子房知之乃往拜焉曰此乃東王公之玉童也仙人得道升天當揖金母而拜木公也自非冲虛登真之子莫知其津矣

著青裙入天門揖金母拜木公

淮南王謠

一尺布暖融〻一斗粟飽蓬蓬兄弟二人不相容 此與漢書史記所載不同見淮南子叙録

武帝太初中謠

拾遺記曰太初二年大月氏國貢雙頭鷄四足一尾鳴則俱鳴武帝置於甘泉故館更以餘鷄混之得其種類而不能鳴諫者曰詩云牝鷄無晨今雄類不鳴非吉祥也帝乃送還

西域行至西関鶏反顧漢宮而哀鳴故謡言曰丨丨至王莽簒位將軍有九虎之號其後喪亂彌多官掖中生蕎棘家無鶏鳴犬吠

三七末世鶏不鳴犬不吠宮中荆棘亂相係當有九虎爭為帝

逐彈丸

西京雜記曰韓嫣好彈以金為丸一日所失者十餘長安為之語曰京師兒童每聞嫣出彈輒隨之望丸所落便拾取焉

苦飢寒逐彈丸

京師謡

漢書曰諸葛豐元帝擢為司隷校尉刺舉無所避京師語曰

間何闊逢諸葛

長安謡

書云縫一斗米書云舂二弟二人不相容見史記得出其注南子叙録不同

著青諸父天門揖金毋拜木公

淮南王謠

一尺布煖融融一斗粟飽蓬蓬兄弟二人不相容此與漢書史記所載不同見淮南子叙録

武帝太初中謠

拾遺記曰太初二年大月氏國貢雙頭鷄四足一尾鳴則俱鳴武帝置於甘泉故館更以餘鷄混之得其種類而不能鳴諫者曰詩云牝鷄無晨今雄類不鳴非吉祥也帝乃送還

西域行至西関鷄反顧漢宮而哀鳴故謡言
曰丨丨至王莽簒位將軍有九虎之號其後
喪亂彌多官掖中生
蒿棘家無鷄鳴犬吠

三七末世鷄不鳴犬不吠宮中荆棘亂相係當有九
虎争爲帝

逐彈丸

西京雜記曰韓嫣好彈以金爲丸一日所失
者十餘長安爲之語曰京師兒童每聞嫣出
彈輒隨之望丸所落
便拾取焉

苦飢寒逐彈丸

京師謡

漢書曰諸葛豐元帝擢爲司隷校尉
刺舉無所避京師語曰

間何闊逢諸葛

長安謡

漢書王吉少時居長安其東家有棗樹垂吉庭中吉婦取以啖吉、知而去婦東家聞欲伐其樹鄰里止之因請吉還婦爲之諺曰吉字子陽琅琊皐虞人昭帝時爲博士諫大夫

東家棗樹王陽婦去東家棗完去婦復還

長安銅雀諺 三輔黄圖 揚用脩曰今文選注所引無一宿字遂不可讀

長安城西有雙圓闕上有一雙銅雀宿一鳴五谷生一鳴五谷熟

京兆諺 漢書尹賞傳

何所求死子桓東少年場生時諒不謹枯骨竟何葬

元帝時童謠

漢書五行志曰元帝時童謠至成帝建始二年三月戊子北宮中井泉稍上溢出南流井水陰也竈烟陽也玉堂金門至尊之居象陰盛而滅陽竊有宮室之應也王莽生於元帝初元四年至成帝封侯爲三公輔政因以篡位也

井水溢滅竈烟灌玉堂流金門

諸儒語

漢書曰少府五鹿充宗貴幸為梁丘易元帝好之欲考其異同令諸易家論充宗辯口諸儒莫能抗有薦朱雲者召入攝齊登堂抗首而請音却左右敲諸儒語曰

五鹿嶽嶽朱雲折其角

長安謡

漢書佞幸傳曰成帝初丞相御史條奏石顯舊惡及其黨牢梁陳順皆免官顯與妻子徙歸故郡憂懣不食道病死諸所交結以顯為官皆廢罷少府五鹿充宗左遷玄菟太守御史中丞伊家為鴈門都尉長安謡云

伊徙鴈鹿徙菟去牢與陳實無賈（讀曰價）

三王謡

漢書曰成帝時王吉子駿為京兆尹試以政事先是京兆有趙廣漢張敞王尊王章至駿

郎魯白謹
得書白幸矣少子言成緣以所經啓信寧有好戚者諸白
遺子黃金滿籯不如一經

一鳴五谷熟

京兆謠　漢書尹賞傳

何所求死子桓東少年塲生時諒不謹枯骨充何葬

元帝時童謠

漢書五行志曰元帝時童謠至成帝建始二年三月戊子北宮中井泉稍上溢出南流井水陰也竈烟陽也玉堂金門至尊之居象陰盛而滅陽竊有宮室之應也　王莽生於元帝初元四年至成帝封侯爲三公輔政因以篡位也

井水溢滅竈烟灌玉堂流金門

諸儒語

漢書曰少府五鹿充宗貴幸為梁丘易元帝好之欲考其異同令諸易家論充宗辨口諸儒莫能抗有薦朱雲者召入攝齋登堂抗首而請音𨚫左右𢿍諸儒語曰

五鹿嶽嶽朱雲折其角

長安謡

漢書佞幸傳曰成帝初丞相御史條奏石顯舊悪及其黨牢梁陳順皆免官顯與妻子徙歸故郡憂懣不食道病死諸所交結以顯為官皆廢罷少府五鹿充宗左遷玄菟太守御史中丞伊家為鴈門都尉長安謡云

伊徙鴈鹿徙菟去牢與陳實無賈讀曰價

三王謡

漢書曰成帝時王吉子駿為京兆尹試以政事先是京兆有趙廣漢張敞王尊王章至駿

皆有能名故
京師稱曰
前有趙張後有三王
谷樓
漢書曰樓護字君卿桂辯論議常命名節聽，
之者皆竦長安号曰——言其見信用也
谷子雲筆札樓君卿喉舌~~言其見信用也~~
成帝時歌謡
漢書五行志曰成帝時歌謡也桂赤色漢家
象華不實無継嗣也王莽自謂黄象黄爵巢
其顛
也
邪徑敗良田讒口亂善人桂樹華不實黄爵巢其顛
昔為人所羨今為人所憐
成帝時燕燕童謡
漢書五行志曰成帝時童謡後帝為微行出
遊常與富平侯張方倶稱富平侯家人過河

陽主作樂見舞者趙飛鷰而幸之故曰燕燕尾涎涎美好皃也張公子謂富平侯也木門倉琅根為宮門銅鍰言將尊貴也後遂為皇后弟昭儀賊害後宮皇子卒皆伏辜所謂燕飛来啄皇孫皇孫死燕啄矢者也

燕〻尾涎〻又徒見張公子時相見木門倉琅根燕飛来啄皇孫皇孫死燕啄矢

張文

漢書曰成帝為太子及即位以張禹論語為師以上難數對以論語論語章句猷之諸儒為之語曰由是學者多从張氏諸家寖微

欲為論念張文

風俗通賈逵

章帝時賈逵為通儒人曰

問事不休賈長頭

楊伯起

東觀漢紀曰楊震少學受歐陽尚書於太常桓郁經明傳覽無不窮究諸侯為之語曰

關西孔子楊伯起

長安謡

漢書蕭育少與朱博為友著聞當世故長安語曰

蕭朱結綬王貢彈冠

長安中謡

列仙傳曰陰長生者長安中渭橋下乞兒也常止於市中乞市人厭苦以糞灑之旋復在里中衣不見汚長吏知之械收繫著桎梏而續在市中乞又械欲殺之乃去灑者之家室自壞殺十餘人故長安中謡曰

見乞兒與美酒以免破屋之咎

憤如屋

◎ 謡

蔡邕獨斷曰古幘無巾王莽頭
秃乃始施巾故語曰
莽頭秃幘如屋

投閣

漢書曰王莽簒位後復上符命者莽盡誅之
時揚雄校書天禄閣欲收雄雄恐乃從閣自
投幾死京
師為之語曰
惟寂惟莫自投于閣爰清爰静無作符命

赤雀辭

列仙傳曰陶安公者六安鑄冶師也數行火
火一旦散上行紫色衝天安公伏冶下求哀
須臾朱雀止冶上曰丨丨至期赤
龍到大雨而安公騎之東南上
安公安公冶與天通七月七日迎汝以赤龍

杜陵蔣翊

嵇康高士傳曰蔣翊字元卿杜陵人為兗州
刺史王莽為宰衡奏事到霸上稱病不進歸

[illegible][illegible]荆棘塞門舍中三逕

終身不出時人語曰

楚國二龔不如杜陵蔣翁

王莽時汝南童謡

漢書曰汝南舊有鴻隙大陂郡以為饒成帝時關東數水陂溢為害翟方進為相與御史大夫孔光共遣掾行視以為決去陂水其地肥美省隄防費而無水憂遂奏罷之及翟氏滅鄉里歸惡言方進請陂下良田不得而奏罷陂王莽時常枯旱郡中追怨方進時有童謡子威方進字也

壞陂誰翟子威飯我豆食羹芋魁反乎覆陂當復誰云者兩黄鵠

竈下養

東觀漢帝曰更始在長安中為之語曰

竈下養中郎將爛羊胃騎都尉爛羊頭關内侯

王莽末天水童謡

後漢書五行志曰時隗囂初起兵扵天水後意稍廣欲為天子遂被滅囂少病蹇吳門冀郭門也名緹群山名也

出吳門望緹群見一蹇人言欲上天令天可上地上安得民

更始時南陽童謡

後漢書五行志曰更始時南陽有童謡是時更始長在安世祖為大司馬平定河北更始大臣並僭専權故謡妖作也後更始遂為赤眉所殺是更始之不諧在赤眉也世祖北興

諧不諧在赤眉得不得在河北

城中謡 玉臺作童謡歌

漢書曰馬后履行節儉事從簡約馬廖慮以美業難終上疏長樂宮以勸成徳政長安語

曰丨丨斯言如戲有切事實

城中好高髻四方高一尺城中好廣眉四方且半額

城中好大袖四方全疋帛

戴侍中

謝承后漢書曰戴憑徵博士詔公卿大會郡臣皆就席憑獨立世祖問其意對曰博士說經皆不如臣而坐居臣上是以不得就席帝令與諸儒難說帝善之後正旦朝賀令郡臣說經更相難詰義有不通輙奪其席以益通者憑遂重坐五十餘席京師語曰

解經不窮戴侍中

南陽諺

後漢書曰南陽太守杜詩政紀清平百姓便之又脩治陂池廣拓土田郡內比室殷足時人以方召信臣南陽為之語曰

前有召父後有杜母

歌謡

愽南謡

明帝永平十年置哀牢愽南二縣割益州郡西部都尉所領六縣合爲永昌郡始通愽南山度蘭倉水行者苦之歌曰

漢德廣開不賓度愽南越蘭津度蘭倉爲它人

建武六年蜀中童謡

後漢書五行志曰世祖建武六年蜀中童謡是時公孫述僭號於蜀時人竊言王莽稱黄述欲繼之故稱白五銖漢家貨明當復也述遂誅滅

黄牛白腹五銖當復

日河

井大春

嵇康高士傳曰井丹家大春扶風郿人愽學髙論京師爲之語曰

五経紛綸井大春

雷陳謡

謝承后漢書曰雷义舉茂才讓於陳重刺史不听義遂得狂不應命鄉里為之語曰

膠漆自謂堅不如雷與陳

南陽諺

風俗通南陽龐儉少失父后居廬里鑿井得錢千餘萬行求老蒼頭使主牛馬耕種有賓婚大會奴在竈下竊言堂上母我婦也伴仰具白母使儉問曰是我翁也因下堂抱其頸啼泣遂為夫婦儉及子歷二千石刺史七八人時為之語曰

廬里諸龐鑿井得銅買奴得翁

會稽童謡

續漢書曰張霸永元中為會稽太守時賊未解郡界不寧乃移書開購明用信賞賊遂來手歸附不煩士卒之力童謡歌

棄我戟捐我矛盜賊盡吏皆休

同前

益部耆舊傳曰張霸爲會稽太守舉賢士勸教講學授一郡慕化但聞誦聲又野無遺寇民語曰

城上烏鳴哺父母府中諸吏皆孝友

劉太常

華嶠後漢書曰劉愷爲太常論議常引正大義諸儒爲之語曰

難經伉伉劉太常

東陽謠

風俗通汝南陳茂爲荊州刺史時南陽太守灌恂本名清能茂不入宛城引車到城東拜友人衛脩母婦訊脩坐事繫獄當死茂詣府乞恩太守大驚即出脩南陽士大夫謂恂能救解脩茂彈繩不撓脩竟極罪恂亦以他事去南陽疾惡沒脩爲之語曰

衛脩有事陳茂治之衛脩無事陳茂殺之

楊子行

續漢書曰楊政字子行
少好學京師語曰

說經鏗鏗楊子行

順帝末京都童謠

後漢書五行志曰按順帝即世孝質短祚大將軍梁冀貪樹疏幼以為己功專國號令以贍其私太尉李固以為清河王雅性聰明敦詩悅禮加以屬親立長則順置善則固而冀建太白后策免固徵蠡吾侯遂即至尊固是月出斃于獄暴屍道路而太尉胡廣封安樂鄉侯司徒趙戒厨亭侯司空袁湯安國亭侯云

直如弦死道邊曲如鉤反封侯

許叔重諺

續漢書曰許慎字叔重性淳篤少博學經籍馬融常推敬之時人為之語曰

五經無雙許叔重

馮仲文諺

三輔決錄曰馮豹字仲文後母遇之
甚酷豹事之愈謹時人為之語
道德彬彬馮仲文

江夏謠

後漢黃香字文彊江夏人博學
經典究精道術京師號曰
江夏黃童天下無雙

桓帝初小麥童謠

後漢書五行志曰桓帝之初天下童謠按元
嘉中涼州諸羌一時俱反南入蜀漢東抄三
輔延及并冀大為民害命將出衆每戰常負
中國益發甲卒麥多委棄但有婦女獲刈之
也吏買馬君具車者言調發重及有秩者也
請為諸君鼓嚨胡者不敢公言私咽語也
小麥青青大麥枯誰當獲者婦與姑丈夫何在西擊
胡吏買馬君具車請為諸君鼓嚨胡

宜城謠

襄陽耆舊傳曰蜀馬良字季常宜城人也兄弟五人並有才名鄉里爲之語良眉中有白毛故以稱之

馬氏五常白眉最良

桓帝初京師童謡

者言桓帝將崩乘輿班班入河間迎靈〻帝也
河間姹女工數錢以錢爲室金爲堂者靈帝
既立其母永樂太后好聚金以爲堂也石上
懾懾舂黃〻粱言永樂唯積金錢懾懾常苦不
足吏人舂黃〻粱而食之也粱下有懸鼓我欲
擊之丞卿怒者言永樂主教靈帝使賣官受
錢所祿非其人天下忠篤之士慨望欲擊懸
鼓以求見丞卿主鼓者亦復諂順怒而止我也

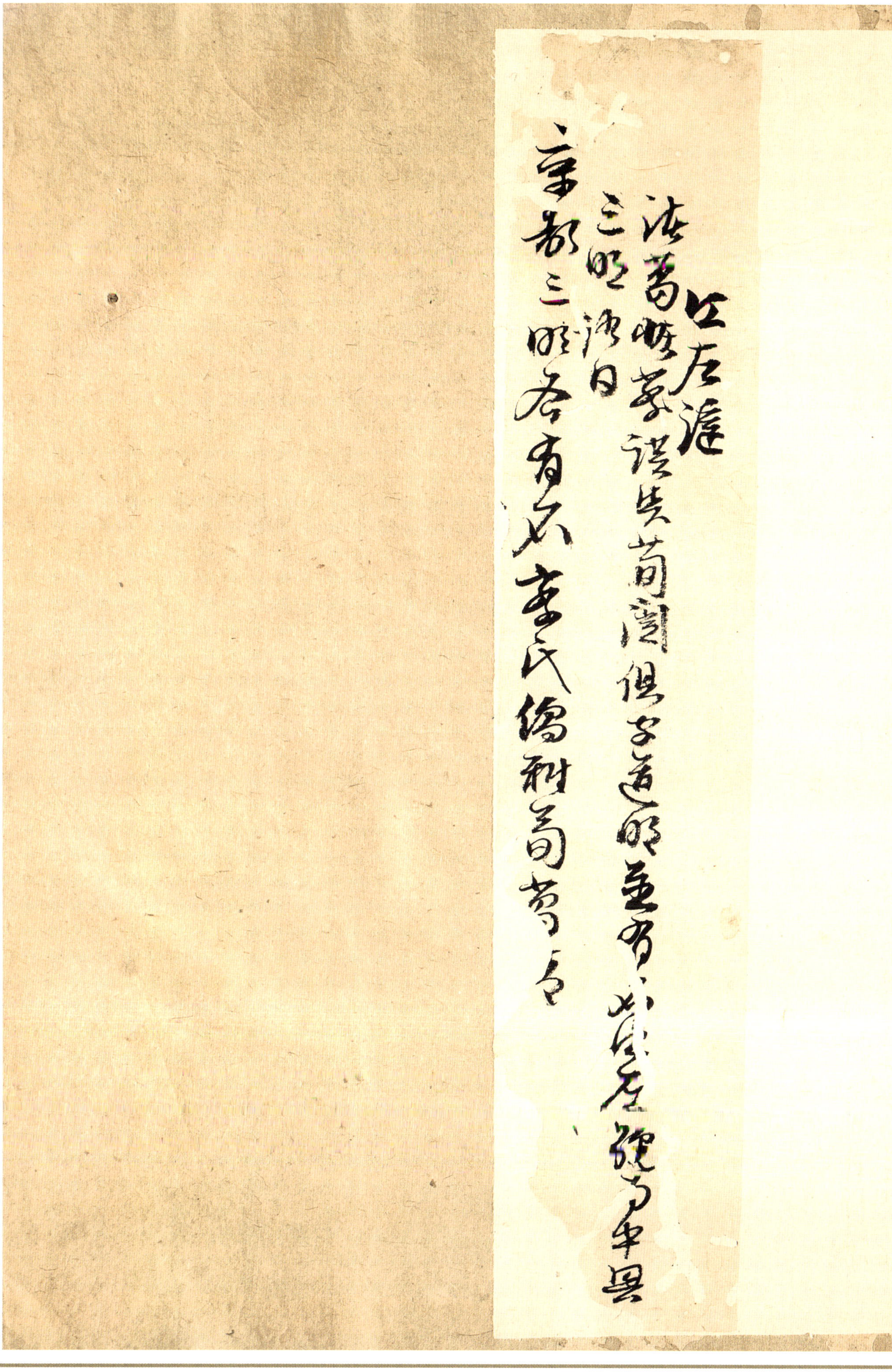

者言桓帝將崩乘輿班班入河間迎靈帝也
河間姹女工數錢以錢為室金為堂者靈帝
既立其母永樂太后好聚金以為堂也石上
慊慊舂黃粱言永樂唯積金錢慊慊常若不
足吏人舂黃粱而食之也梁下有懸鼓我欲
擊之丞卿怒者言永樂主教靈帝使賣官受
錢所祿非其人天下忠篤之士怨望欲擊懸
鼓以求見丞卿主鼓者亦復諂順怒而止我也

京師謠

大傅胡廣周流四方三十餘年歷仕六帝礼任極優練達故事明解朝章雖無謇、直言之風屢有補闕之益故京師語曰

萬事不理問伯始天下中庸有胡公

桓帝末時謠

後漢書五行志曰按易曰拔茅連茹以其彙征吉茅喻群賢也井者法也于時中常侍管

居今行古任定祖

桓帝延熹二年四侯謠

漢以誅梁冀功封宦者單超左琯具瑗徐

唐衡爲五侯在帝左右縱其姦慝家有

子弟列布州郡賔客雜襲騰翥海内愠曰

將軍死五將軍出其後超死四侯轉橫天下

爲之

語曰

左回天具獨坐徐卧虎唐兩墮回天言勢動人主也獨坐言驕貴無偶也

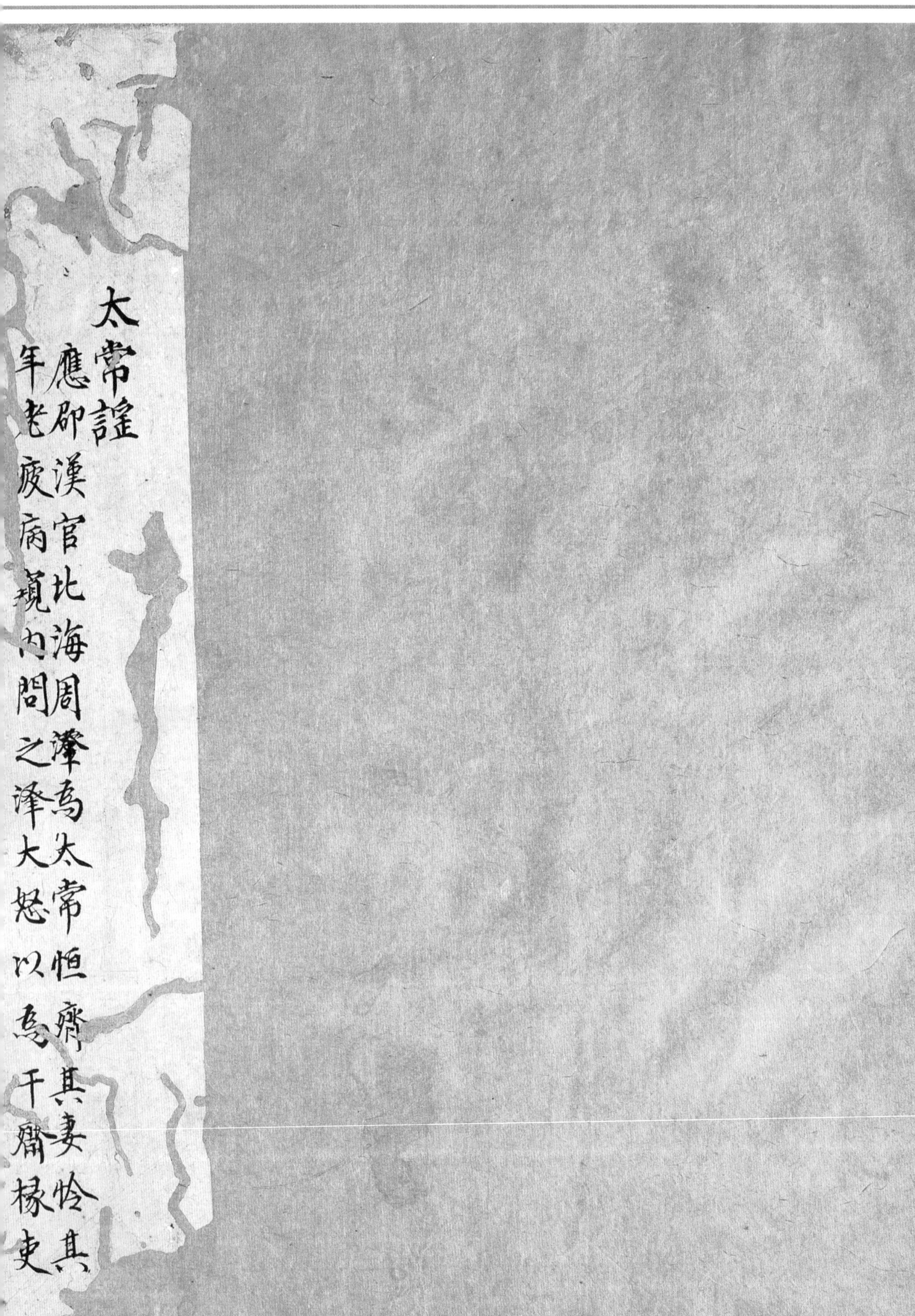

太常諡

應劭漢官北海周澤爲太常恒齊其妻憐其年老疲病窺內問之澤大怒以爲干齋椽吏

叩頭爭之不聽遂收送詔獄并白劾論者非其擊發語曰

居世不諧爲太常妻一歲三百六十日三百五十九日齋一日不齋酒如泥既作事復低迷

縫掖謡

續漢書曰皇甫規安定鄉人時有以貨買得鴈門太守者亦還家書刺謁規、卧不迎有頃白王符在門規驚遽而起衣履出迎時人爲之語曰

徒見二千石不如一逢掖

桓靈時童謡

後漢書曰桓帝之世更相濫舉人爲之謡

舉秀才不知書察孝廉父別居

又見抱朴子

舉秀才不知書舉孝廉父別居寒素清白濁如泥高

第良将怯如黽譚苑醍醐云泥音涅黽音篾黽或音蹇則泥當音匿古音例無定也晉書作怯如鷄蓋不得其音而改之

靈帝末京都童謠

後漢書五行志曰靈帝之末京都童謠至中平六年少帝登躡至尊獻帝未有爵號為中常侍段珪等所執公卿百官皆隨其後到河上乃得來還此為非侯非王上北芒者也

侯非侯王非王千乘萬騎上北芒

靈帝末京都謠歌

河臘叢進英雄記云獻帝臘日生也烏臘烏臘風俗通曰董卓滔天虐民關東舉兵欲共誅之顧相轉望莫敢先進若烏臘蟲之矣

潁川謠

續漢書曰荀爽字慈明幼而好學䏁思經書慶弔不行徵命不應潁川為之語曰

荀氏八龍慈明無雙

公沙謠

袁山松後漢書曰公沙穆有六子時人號曰

公沙六龍天下無雙

太學中謠見陶淵明集

袁山松後漢書曰桓帝時朝廷日亂李膺風格秀整高自標尚後進之士升其堂者以為登龍門太學生三萬餘人膺天下士上稱三君次八俊次八顧次八及次八廚猶古之八元八凱也因為七言謠曰

天下忠誠竇游平大將軍槐里侯扶風平陵竇武字游平

天下義府陳仲舉太傅高陽鄉侯汝南平與陳蕃字仲舉

天下德弘劉仲承侍中河間樂成劉淑字仲承

右三君一云不畏強禦陳仲舉九卿直言有陳蕃

天下模楷李元禮（少傅潁川襄城李膺字元禮）

天下英秀王叔茂（司空山陽高平王暢字叔茂）

天下良輔杜周甫（太僕潁川陽城杜密字周甫）

天下冰凌朱季陵（司隸校尉沛國朱寓字季陵）

天下忠貞魏少英（尚書會稽上虞魏朗字少英）

天下好交荀伯條（沛國潁陰荀翌字伯條）

天下稽古劉伯祖（大司農博陵安平劉祐字伯祖）

天下才英趙仲經（太常蜀郡成都趙典字仲經）

右八俊

天下和雍郭林宗（有道太原介休郭泰字林宗）

天下慕恃夏子台（太常陳留圉夏馥字子治）

天下英藩尹伯元（尚書令河南鞏尹勳字伯元）

天下清苦羊嗣祖（河南尹太山平陽羊陟字嗣祖）

天下璡金劉叔林（議郎東郡發劉儒字叔林）

天下雅志蔡孟喜（[illegible]州刺史陳國項蔡衍字孟喜）

天下卧巴恭祖（潁川太守渤海東城巴肅字恭祖）

天下通儒宗孝初（議郎南陽安衆）

孝功

右八顧後漢書無劉儒[illegible]滂

海內貴珍陳子鱗御史中丞汝南召陵陳翔字子鱗海內忠烈張元節衛尉山陽高平張儉字元節海內謇諤范孟博太尉掾汝南細陽范滂字孟博海內通士檀文友蒙令山陽高平檀敷字文友海內才珍孔世元洛陽令魯國孔昱字世元後漢書云字元世海內彬彬范仲真太山太守渤海重合范康字仲真海內珍好岑公孝太尉掾南陽棘陽岑晊字公孝海內所稱劉景升鎮南將軍荊州牧武城侯山陽高平劉表字景升

右八及後漢書無范滂有翟超

海內賢智王伯義少府東萊曲城王商字伯義後漢書作王章海內脩整蕃嘉景郎中魯國蕃嚮字嘉景海內貞良秦平王此海相陳留巳吾秦周字平王海內珍奇胡母季皮侍御史太山奉高胡母班字季皮海內光光

劉子相太尉掾潁川陰劉翊字子相海內依怙王文祖冀州刺史東平壽張王考字文祖海內嚴恪張孟卓陳留相東平壽張張邈字孟卓海內青明度博平荊州刺史山陽湖陸度尚字博平

右八廚後漢書無劉翊有劉儒

京兆謠

續漢書曰李燮拜京兆詔發西園錢燮上封事遂止不發吏民愛敬乃為此謠

我府君道教舉恩如春威如虎剛不吐柔不茹愛如母訓如父

後漢書五行志曰獻帝初童謠公孫瓚以為易地當之遂徙鎮焉乃修城積穀以待天下之變建安三年袁紹攻瓚瓚大敗縊其姊妹妻子引火自焚紹兵趨登臺斬之初瓚破黃巾殺劉虞乘勝南下侵據齊地雄威大振而不能開廓遠圖欲以堅城觀時坐聽圍戮斯亦自易地而去世也

燕南垂趙北際中央不合大如礪唯有此中可避世

獻帝初京都童謠

後漢書五行志曰獻帝初京都童謠按千里草為董十日卜為卓凡別字之體皆從上起左右離合無有從下發端者也今二字如此者天意若曰卓自下摩上以臣陵君也青青暴盛之貌不得生者亦旋破亡

千里草何青青十日卜不得生

繆文雅謠

皇甫謐達士傳曰繆斐字文雅代修儒學繼踵六博士以經明行修明學士稱之故時為

人爲之語曰

京車白馬繆文雅

柳伯騫謠

江表傳曰柳琮字伯騫所拔進皆爲時所稱致位牧守鄉里語曰

得黃金一笥不如爲柳伯騫所識

二郡謠

後漢書曰汝南太守宗資任功曹范滂南陽太守成瑨亦委功曹岑晊范滂字孟博岑晊字公孝二郡爲謠

汝南太守范孟博南陽宗資主畫諾汝南太守岑公孝弘農成瑨但坐嘯

許偉君謠

陳留風俗傳曰許晏子偉君授魯詩於琅琊王次學曰許氏章句列左黌林故語曰

殿上成群許偉君

後漢黎陽張公謡

公興守相駕蜚魚往来倏忽遠熹娛祐此兆民寧厥

居

王君公謡

語林曰王君公遭亂不去儈牛自隱時人為

之語曰高士傳曰君公明易為郎數言事不

用免歸詐狂儈

牛口無二價也

避世墻東王君公

呂布謡

曹操别傳曰呂布驍勇且有

駿馬時人為之語曰

人中有呂布馬中有赤兎

相里謡

文士傳曰番侯七世孫張讚字子卿初
居吳州相人里時人語曰
相里張多賢良積善應子孫昌
袁文開謠
英雄記曰袁紹父成字文開貴盛自梁冀以
下皆與交言無不從京師語曰
善不諧陌文開
陳留童謠　頌仇覽也
父母何在在我庭化為鵰梟哺所生
興平中吳中童謠
吳志曰初興平中吳中童謠
閶門　吳西郭門夫差所生也
黃金車班蘭耳開閶門出天子
建安初荊州童謠
後漢書五行志曰自中興以來荊州無破
亂及劉表為牧又豐樂至其逮八九年當始衰
者謂劉表妻當死諸將並零落也十三年無
孑遺者言十三年表又當死民當移詣冀州

也

八九年間始欲衰至十三年無子遺

五門謡

三輔決録曰五門子孫凡民之五門今在河南西四十里澗穀路三水之交傳聞高士五弟五人共居此地作五門客舍田以為名[illegible]養猪賣豚故民為之語曰

苑中三公館下二卿五門嚾、但聞豚聲

賈偉節謡

三輔決録曰賈彪兄弟三人並有高名彪最優故天下稱曰

大鼎謡 大鼎山前十八家末、東[illegible]

賈氏三虎偉節最怒

作奏謡

邯鄲氏笑林曰桓帝時有人辟公府掾者倩人作奏記文人不能為作因語曰梁國葛公者先善為記文自可為用不煩更作遂信人言寫記文不去龔名姓府公大驚罷帰時人

語曰

作奏雖工宜去葛龔

恒農童謠

陳留耆舊傳曰吴祐爲恒農令勸善懲姦貪濁出境甘露降年穀豐童謠曰

君不我憂人何以休不行界署焉知人處

閻君謠

華陽國志曰閻憲字孟度爲綿竹令以禮讓爲本童謠曰

閻君賦政明且昶蠲苛去碎以禮讓

京師謠

後漢黄琬傳云舊制光禄三四有郎以高功久次才德尤異者爲茂才異行時權富子弟以人事得舉而貧約守志者以窮退見遺京師爲之謠曰

欲得不能光禄茂才能乃來功

典君謠

江表傳曰典爲容貌魁傑名冠三軍其所持手戟長幾一尋軍中爲之語曰

帳下壯士有典君手把双戟八十斤

天正時謠

蘇半在前[illegible]來比肩

襄漢謠

天和[illegible]古謠曰[illegible][illegible]把城在峴漢江郎[illegible]言其[illegible]

信也襄陽[illegible]峴山在縣西十一里其有項劉[illegible]襄陽之[illegible]其高[illegible]

郎[illegible]襄陽之西

作奏謠

卽鄭氏異林曰桓帝時有人辟公府掾者倩人作奏記文人不能爲作因語曰梁國葛公者先善爲記文自可爲用不煩更作遂信人言寫記文不去龔名姓府公大驚罷歸時人

語曰

作奏雖工宜去葛龔

恒農童謠

陳留耆舊傳曰吴祐爲恒農令勸善懲

姦貪濁出境甘露降年穀豐童謠曰

君不我憂人何以休不行界署焉知人處

閻君謠

華陽國志曰閻憲字孟度爲

綿竹令以禮讓爲本童謠曰

閻君賦政明且昶蠲苛去碎以禮讓

京師謠

後漢黄琬傳云舊制光禄三四有郎以高功

九次才德尤異者爲茂才異行時權富子弟

以人事得舉而貧約守志

者以窮退見遺京師爲之謠曰

欲得不能光禄茂才能乃來切

李麟甲謠

江表傳曰諸葛亮表都尉李嚴少為郡職吏用性深刻苟利其身鄉里為嚴諺曰

難可狎李麟甲

諸葛謠

晉漢春秋曰諸葛亮卒楊儀整軍而出宣王不逼百姓諺曰

死諸葛走生仲達

孔明鄉里謠

三國志註襄陽記曰黃承彥者高爽開列為沔南名士謂諸葛孔明曰聞君擇婦身有醜女黃頭黑色而相堪配孔明許即載送之時人以為咲樂鄉里為之諺曰

莫作孔明擇婦止得阿承醜女

雁門謠 [illegible]

[illegible]

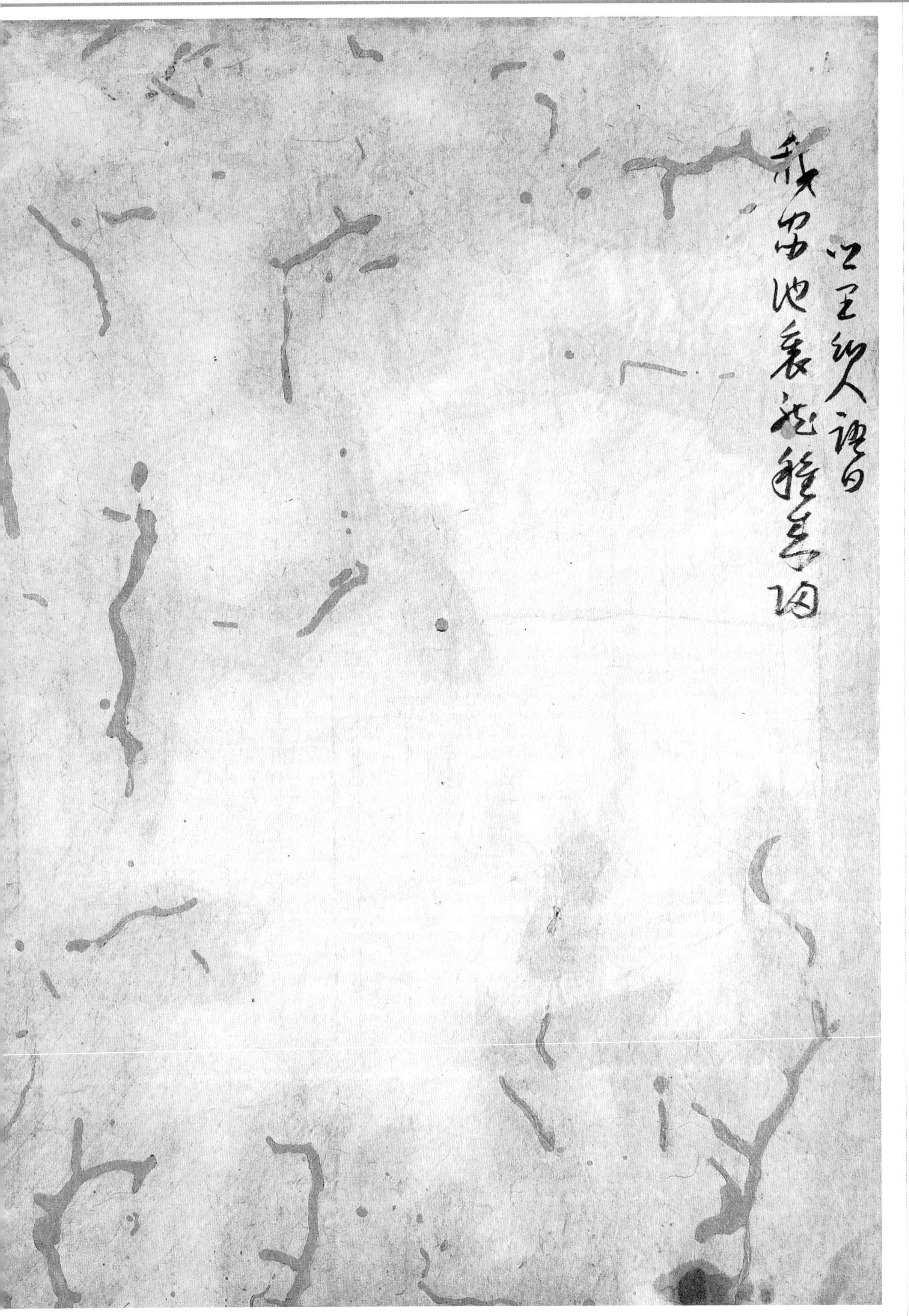

魏謡

黄初童謡

廣五行志魏文帝爲美人薛靈云築臺高三十丈列燭臺下遠近望之如列星墜地又爲銅表志里數行者歌謡云云銅表志道是土上出金列燭如星是火照臺也漢火德魏土德火伏而土興土上出金是魏滅而晋興之兆晋以金德王故也

青槐夾道多塵埃龍楼鳳閣望崔嵬清風細雨雜香來土上出金火照臺

曹爽策敗時童謡

曹爽之勢熱如湯太傅父子冷如漿李豊兄弟如遊光又何鄧丁亂京城指何晏鄧颺丁謐也

明帝景初中童謡

晋書魏明帝時謡云云及司馬懿平遼而歸當還鎮長安會帝疾篤急召之乃乘追鋒車東渡黄

河終剪魏室如童謠云云

阿公阿公駕車馬不意阿公東渡河阿公東還當奈何

齊王嘉平中謠

宋書五行志曰魏齊王嘉平中謠按朱虎者楚王彪小字也王淩令狐愚聞此謠謀立彪事發淩等伏誅彪賜死

白馬素羈西南馳其誰乘者朱虎騎

軍中謠

魏略曰太祖使盧洪趙達撫軍主刺舉軍中語曰

不畏曹公但畏盧洪曹公尚可趙達殺我

揚阿若謠

魏志楊阿若后名豐字伯陽少遊俠常以報仇解怨為事時人為之語曰

东市相斫杨阿若西市相斫杨阿若

吴謡

吴初童謡

黄金車斑蘭耳開閶門見天子

孫休永安二年童謡

干寳晋紀曰永安二年小兒群聚嬉戲有異小兒忽來〻〻曰云云又曰我非人熒惑星也言畢上昇仰視若一疋練有頃没後四年而蜀亡六年而魏廢二十一年而吴平於是九服歸晋司馬氏

三公鋤司馬如

黄龍中童謡 周處風土記

行白渚君追汝句驪馬 後孫權征公孫淵浮海乘船舶白也後變爲行白紵詞

孫亮初童謡

吁汰恪何若若蘆葦單衣篾鉤絡於何相求楬子閣

楊子閣反語謂石子堈也及諸葛恪死果以葦蘆裹身篾束其腰投之石子岡□聽恪故吏收葬求之此堈云

孫亮初白鼉鳴童謠

白鼉鳴龜背平南郡城中可常（長）生守死不去義無成

明年諸葛恪敗弟融禮不安亦見襲融刻金印龜服之而死

孫皓初童謠

寧飲建業水不食武昌魚寧還建業死不止武昌居

孫皓時石印山詩妖

孫皓遣使者祭石印山下妖祠使者因以丹書岩石

楚九州渚吳九州都揚州士作天子四世治太平矣

孫皓天紀中童謠

阿童復阿童銜刀浮渡江不畏岸上虎但畏水中龍

王濬小字阿童

吳謠

时人謡

言何待白如搽已判江[illegible]佛去如来行有文渔去来同文人來西渡[illegible]

悟覺經藏莫不枝容通[illegible]吾也通[illegible]圖證其乃人田長里[illegible]夜渡翁自高

桂黄以入但自

文行眼中如炎形服雅細是也[illegible]皆無裏

廣陵謡

故勤昌棹自陸稠子伯豪西廣陵太守蕭美敏子蓋湯自

解結理煩我同陸長

黄龍中童謡　土記

行白渚君追汝句驪馬後孫權征公孫淵浮海乘船

船白也後變爲行白紵詞

孫亮初童謡

吁汝恪何若若蘆葦單衣篾鉤絡於何相求揚子閣

楊子閣反語謂石子堈也及諸葛恪死果以葦蘆裹身篾束其腰投之石子岡聽恪故吏收葬求之此堈云

孫亮初白鼉鳴童謡

白鼉鳴龜背平南郡城中可常（長）生守死不去義無成

明年諸葛恪敗弟融鎮公安亦見襲融刮金印龜服之而死

孫晧初童謡

寧飲建業水不食武昌魚寧還建業死不止武昌居

孫晧時石印山詩妖

孫晧遣使者祭石印山下故祠使者因以丹書岩曰

楚九州渚吳九州都揚州士作天子四世治太平矣

孫晧天紀中童謡

阿童復阿童銜刀浮渡江不畏岸上虎但畏水中龍

王濬小字阿童

吳謡

吴志曰周瑜少精意於音樂雖三爵之後其有闕誤輸必知之知之必顧故時人謡云

曲有後一作誤周郎顧

晉謠

三峽謠

水經註曰峽中有灘名曰黃牛灘南岸重嶺疊起最外高崖間有色如人負力牽牛人黑牛黃成就分明既人跡所絕莫得究焉此巖既高加江湍紆廻雖途遥信宿猶望見此物故行者謠曰丨丨言水路行深廻々如一矣

朝見黃牛暮見黃牛三朝三暮黃牛如故水經註作朝發黃牛暮宿黃牛

僰道謠

益州記曰瀘水源出曲羅兩峯有殺氣暑月舊不行故武侯以夏侯為艱瀘水又下合諸水而總其目焉故有瀘江之名矣自朱提至僰道有水步道有黑水羊官水至險難三津之阻行者苦之故俗謂之語曰

猶溪赤木盤蛇七曲盤羊烏櫳氣與天通

三秦記民謠

武功太白，去天三百。孤雲兩角，去天一握。山水阻，黃金子午。蛇盤鳥櫳，勢與天通。又云南山潯布州紀白首（[illegible]）

秦始中童謠（圖地圖記大白上常積雪無草木半山有積雪如潯布如瀑雨[illegible]書曰）

晉書曰：秦始中人爲賈充等謠言，亡魏而成晉也。

賈裴王，亂紀綱。王裴賈，濟天下。（賈充、裴秀、王沉）

裴秀謠

虞預晉書曰：秀字季彥，河東聞喜人，父潛，魏太常。秀有風操，八歲能著文。叔父徽有声名，出秀年十餘歲，有賓客詣徽，則過秀。時人爲之語曰：

後進（來一作）領袖有裴秀

○南土謠

晉書曰：杜預都督荊州，舊水道惟沔漢達江陵，千數百里無通路。又巴丘湖，沅湘之會，表

襄山川實爲險固荊蠻之所恃也預乃開楊口起夏口水道洪洞達巴陵千餘里内瀉長江之險外通零桂之漕南土美而謡曰

後世無叛由杜翁孰識智名與勇功

軍中謡

晋書曰杜預進周旨等發伏兵隨歆軍而入直至帳下虜歆而還故軍中爲之謡曰

以計代戰一當萬

蜀人謠二首

晉書曰羅尚字敬之一名仲太康末爲荊州刺史及趙廞反于蜀朝假尚節爲平西將軍

王將明謠

宣和間王將明當國

便坊當時謠曰

一千索直秘閣五百貫

蜀人謡二首

晋書曰羅尚字敬之一名仲太康末為荆州刺史及趙廞反于蜀朝假尚節為平西將軍

益州刺史尚性貪少斷蜀人謡曰

尚之所愛非邪則佞尚之所憎非忠則正富擬魯衛家成市里貪如豺狼無復極已蜀賊尚可羅尚殺我 一作賊來尚可羅來殺我

宗定伯謡

搜神記曰宗定伯夜行忽遇一鬼鬼問伯爲誰伯欺之曰我亦鬼也問鬼曰鬼何畏曰鬼惟不喜唾耳欲至宛便擔鬼着頭上詣宛市鬼化爲羊伯恐其變遂唾之因賣得錢千五百買者繫之明旦見繩在時人語曰

宗定伯賣鬼得錢千五百

武帝太康後童謡三首

宋書五行志曰武帝太康後江南童謡于時吴人皆謂在孫氏子孫故竊發爲亂者相継按横目者四字自吴亡至晉元帝興幾四十年皆如童謡之言元帝懦而少斷局縮肉直斥之也

局縮肉數橫目中國當敗吳當復

宮門柱且莫朽吳當復在三十年後

鷄鳴不拊翼吳復不用力

惠帝時見童謠

襄陽耆舊傳曰晉惠帝即位見童謠曰||又河内溫縣有人如狂造書曰||楊濟以問蘭欽丶垂泣曰皇太后諱季蘭兩火武皇帝諱炎字也此言武皇崩而太皇失尊罹大禍辱終始不以道不得附山陵乃歸於非所也及太后之見弑葬於街郵亭皆如其言晉書注曰楊駿居內府以戟爲衛死時又爲戟所害傳楊后被廢賈后絕其膳八日而崩崩葬街郵亭百姓衰之也

兩火沒地哀哉秋蘭歸形街郵終爲人歎

溫縣街書

光光文長以大一作戟爲墻毒藥雖所一作行戟刃一作還

自傷　又曰雨次淚地哀哉彩蘭露形衛郎[illegible]爲之嘆

衛玠談道爲謡

晉書曰瑯琊王澄有高名少所推服每聞衛玠言輙嘆息絶倒故時人謂之語曰

衛玠談道平子絶倒

注王三子不如衛家一兒　謂王玄王澄平子王濟武子也

渤海謡

晉書曰歐陽建字堅石世爲冀方右族雅有理思才藻美贍擅名北州人爲之語曰

渤海赫、歐昜堅石

江應元

晉書曰江統字應元陳留圉人也靜然有遠志時人爲之語曰

嶷然稀言江應元

惠帝永熙中童謡

晉書五行志曰惠帝永熙中童謡時楊駿專權楚王用事故言荆筆楊版二人不誅則君

臣禮悖汝

義作驢也

又驢

二月末三月初荆筆楊版行詔書宮中大作馬驢

晉五行志下有大石壓之不得舒句口別集所載二月初下

有桑條喜當柳筆舒一句

元康中京洛童謡二首

晉書五行志曰惠帝元康中京洛童謡曰南風

賈后字也白晉行也沙門太子小字也魯賈

謐國也言賈后將與謐為亂以危太子而趙

王國釁咀嚼豪賢以成篡奪也按賈后傳有

此謡云南風烈烈吹黄沙遥望魯國楚嵯峨

前至三月滅汝家與五行志所載不同其後

賈謐既誅賈后尋亦廢死宋書五行志曰是

時愍懷頹失衆望卒以廢黜不得其死焉

南風起兮吹白沙遥望魯國何嵯峨千歲髑髏生齒牙

城東馬子莫嚨哅比至來年纏汝鬢愍懷太子傳紀

此謡云東宮馬子莫聾空前至臘月纏汝鬢

京都謡

晋書曰刘輿字慶孫雋岫有才䏻與弟琨並尚書郭奕之甥名著當時京都為之語曰

洛中奕、慶孫越石

洛中雅三首

世説曰刘粹字純嘏宏字終嘏漠是沖嘏是親兄弟王安豐甥並是王安豐女婿宏真長祖也

洛中雅、有三嘏

惠卿名茲是播子茲與邢喬俱司徒李胤外孫及胤子順並知名時稱馮才清李才明純粹邢

洛中錚、馮惠卿

晋書荀闓字道明有名稱京都為之語曰

英、荀道明

元康中屠蘇謠

晋書五行志曰元康中天下商農通著大鄣日時童謠曰丨丨及趙王倫篡位其目實眇

焉

屠蘇鄣日覆兩耳當見瞎兒作天子

大安中童謡

晋書五行志曰晋恵帝大安中童謡其後中原大亂宗藩多絶唯瑯琊汝南西陽南頓彭城同至江東而元帝嗣續矣

五馬浮宋書作游渡江一馬化為龍

淮水謡

淮水出上元縣南華山西北流經秣陵建二縣之間入于江初王敦播乱王導憂將覆族使郭璞筮之璞曰即妖淮也

淮水絶王氏滅

趙王倫既僭位洛中童謡

晋書五行志曰晋元康中趙王倫既篡洛中

有童謡[illegible]

[illegible]按成[illegible]西[illegible]而在[illegible]故曰[illegible]從北來[illegible]
藩而在許故曰龍從南來河間水届而在閑
中故曰水從西來齊留輔政居于
宮西有無君之心故曰登城看也

虎從北來鼻頭汗龍從南來登城看水從西來河灌濟
灌

貂不足䙝

晉書曰趙王倫僭位諸黨皆登卿相並列大
封其餘同謀者咸超階越序不可勝紀至於
奴卒廝役亦加爵位每朝
會貂蟬盈坐時人語曰

貂不足狗尾續

著布謡

晉書曰齊王冏字景治趙王倫篡位冏起
兵誅之拜大司馬加九錫政皆決之而惣用
群小不復朝覲時人謡曰
丨丨遂為長沙王所誅

著布袙腹為齊持服

洛下謡

晉書曰長沙王乂武帝第六子也王率義乂率國應之後見冏專權奉天子攻冏斬之河間王顒與成都王穎同伐京師詔以乂爲大都督以距顒相持數月東海王越慮事不濟潛收乂送金墉城密告張方方遣兵就金墉收乂炙殺之初乂執權之始洛下謡曰丨丨以正月二十日五廢後二日死如謡言

草木萌牙殺長沙

惠帝時洛陽童謡

晉書曰惠帝時洛陽童謡明年而胡賊石勒劉羽反

鄴中女子莫千妖前至三月抱胡腰

惠帝時蜀中謡

江橋頭闕下市成都北門十八字

十八字李也後李流據蜀僭號

懷帝永嘉初謡

馬越由是惡晞奪其兗州隙難遂構焉按列
傳東海孝獻王越字元超懷帝永嘉初出鎮
許昌自許昌率苟晞及冀州刺史丁邵討汲
桑破之越還于許長史潘滔說之曰兗州天
下樞要公宜自牧乃轉苟晞為青州刺史由
是與晞
有隙

元超兄弟大洛度上桑打椹為苟作

懷帝永嘉初洛中童謡

晉書五行志曰司馬越還洛時童謡也按列
傳越既與苟晞搆怨尋詔越為丞相領兗州
牧督兗豫司冀幽并六州越辭丞相不受自
許遷于鄄城移屯濮陽又遷于滎陽後自滎
陽還洛○帝紀曰永嘉三年三
月丁巳東海王越歸京師是也

洛中大鼠長尺二若不早去天宋書作大狗至

王彭祖謡

晉書曰王浚永嘉中進大司馬加大都
督督幽冀諸軍事會京洛傾覆浚大樹威令

專權擅恣
時童謠曰

涼州城門似藏戶中有伏尸王彭祖有依踞府門將

雉入聽事

棗郎謠 見王浚傳

十郎五郎入棗郎 棗嵩浚之子婿也浚聞責嵩而不能罪之也

愍帝初童謠

晉書五行志曰愍帝初童謠至建興四年帝降劉曜在城東豆田壁中

天子在何許近在豆田中

建興中江南謠

晉書五行志曰建興中江南謠歌按白者晉行坑器有口屬瓮瓦瓮質剛亦金之類也訇如白坑破者言二都傾覆王室大壞也合集持作甑者元帝鳩集遺餘以主社稷未能尅復中原但適王江南故其[illegible]

[illegible]

千錢……
燒城邑井堙木刊矣鳳等敗退，光將其黨
還吳興官軍踵之縮籍郡縣充父子授首黨
與誅者以百數所謂揭州破換敗吳興獲甋
甋甋甋尾器又甋小於甋也

訇呼宏反如白坑宋書作阬破合集持作甋武音揭州破換敗

吳興獲甋音甋盧斗部婁反

第四十葉一句自書

建興中比州謠

府中赫赫朱丘伯十囊五囊入棗郎棗嵩朱碩皆貪橫

幼輿謠

晉紀曰謝鯤王澄之徒慕竹林諸人散首披髮裸袒箕踞謂之八達故鄰家之女折其兩齒世為謠曰

任達不已幼輿折齒

王與馬

晋書曰元帝以王敦爲揚州刺史加廣武將軍進左將軍都督征討諸軍事假節初鎮江東威名未著敦與從弟導等同心翼戴以隆中興時人爲之語曰

王與馬共天下

明帝太寧初童謡

晋書五行志曰明帝太寧初童謡及明帝崩成帝幼爲蘇峻所逼遷于石頭御膳不足此大馬死小馬餓也高山峻也言峻尋死石峻弟蘇石也峻死後石據石頭尋爲諸公所破滅是亦山崩石破之應也

放一作牧

惻惻力力力一作惻惻力放馬山側大馬死小馬餓高山崩石自破

咸康二年河北謡

晋書五行志曰咸康二年十二月河北謡言後如其言

麥入土殺石武

吴中童謡

宋書五行志曰晋庾義在吴郡時吴中童謡

無幾而庾義王洽相継亡按晋史穆帝時庾

羲為吴興内史王洽為吴郡内史徴

拜領軍後皆卒於官義疑即羲也

豈食下湖荇不食湖上蓴庾吴没命喪復殺王領軍

成帝末童謡

晋書五行志曰成帝之末

童謡少日而宮車晏駕

礚礚又苦盖何隆隆駕車入梓宮

江南謡

誰謂尔堅石打破桓壂因此以石名諸子

涼州謡

涼州鴟苕冦賊肖指張軌

又

南来雀不驚誰謂孤雛尾翅生高飛〻騎鳳皇

哀帝隆和初童謡

晉書五行志曰哀帝隆和初童謡朝廷聞而惡之改年曰興寧民復歌曰雖復改興寧亦復無聊生哀帝崩尋升平五年而穆帝崩不滿斗不至十年也

升斗不滿斗隆和那得久桓公入石頭陛下徒跣走

太和末童謡

晉書五行志曰太和末童謡及海西公被廢百姓耕其門以種小麥

犂牛耕御路白門種小麥

京口民間謡 二首

晉書五行志曰王恭在京口民間忽有此謡言

按黄字上恭字頭也小字恭字下也尋如謡

黄頭小人晉書作兒欲作賊阿公在城下指縛得

黄頭小人欲作亂賴得金刀作蕃扞

孝武帝太元末京口謡

晉書五行志曰孝武帝太元末京口謡尋王恭起兵誅王國寶旋爲劉牢之所敗故言拉颯棲也

黄雌鷄莫作雄父啼一旦去毛衣衣被拉颯棲

荆州童謡

晉書五行志曰殷仲堪在荆州時童謡未幾而仲堪敗桓玄遂有荆州

芒籠目繩縛腰殷當敗桓當復

芒以籠目繩縛腰車無軸倚孤木 [illegible]諸記所言皆同

郗王謡

晉書曰王坦之字文度弱冠與郗超俱有重名時人爲之語曰嘉賓超小字也

盛德絶倫郗嘉賓江東獨步王文度

同前

大、十、槃、謝家安江東獨步王文廣盛德日新郗嘉賓一作揚州獨步王文廣後來出人郗嘉賓

黃曇曲

靈鬼志謠徵曰初桓石民為荊州鎮上明時民忽歘黃曇曲時石民死王忱為荊州佛大忱小字也

世說

黃曇英揚州大佛來上明

三才謠

世說晉太傅初有三才劉慶州長才潘陽仲大才裴景清清才

興長才滔大才邈清才

京口

荊州麦麩謠

晉書五行志曰王恭鎮京口誅王國寶百

[illegible]

首年食白飯今年食麦麩天公誅讁汝教汝捻嚨喉讙讁而誅之也捻嚨喉氣不通死之祥也敗復敗丁寧之辭也恭尋死京都大行咳疾而喉並唱焉

嚨喉唱復唱京口敗復敗三首

安帝元興之初童謡桓玄篡位時

征鍾落地桓迸走征鍾至穢之服桓四体之下稱玄自下君上猶征鍾之厠歌謡下体之咏民口也

長干巷巷長干今年殺郎君明年斬諸桓郎君司馬元顯也

草生及馬腹烏啄桓玄目桓玄篡弑在元興二年十二月及敗走江陵五月中誅如其期焉

石仲容謡

晉書曰石苞字仲容渤海南皮人[illegible]曠有知局容儀偉麗不脩小節故時人為之語曰

仲容姣無婁

義熙初童謠

晉書五行志曰安帝義熙初童謠時官養盧龍寵以金紫奉以名州養之已極而龍不能懷我好音舉兵內伐遂成讐敵也及敗斬伐其黨如草木之成積焉按列傳盧循小字元龍元興二年爲廣州遂刺史吴隱自攝州事號平南將軍安帝乃假循征虜將軍廣州刺史義熙中劉裕破循于豫章循走交州爲刺史杜慧度所殺

官家養盧化成荻盧生不止自成積

盧生漫漫竟天半

十丈尾屋八九間盧作柱蘼作蘭

盧橙橙逐水流東風忽如起那得入石頭

盧循

四部司馬謠

魏略曰成都王穎代長沙王乂乂募免奴爲軍自稱四部司馬市郭人素繆語奴爲尚故里語曰

四部司馬瞥下兵四馬尚長明欲知太平河石鼈鳴

司馬元顯時民謡

宋書五行志曰司馬元顯時民謡詩此詩云
襄陽道人竺曇林所作多所道行於世蓋顗
釋之曰十一口者玄字象也木亘桓也桓氏
當悉走入關洛故云浩浩鄉也金刀劉也倡
義諸公多姓劉
娓娓美盛貌也

當有十一口當爲兵所傷木亘當此度走入浩浩鄉
金刀既以刻娓娓金城中

西土謡

晋書曰張茂寔之弟太興三年寔既遇害州
人推茂平西將軍凉州牧凉州大姓賈莫寔
之妻弟也勢傾西土先是謡曰ㄧㄧ茂以
爲信誘而殺之於是豪右屏迹威行凉域

手莫頭圖凉州

姑臧謡

晋書曰張駿寔之子茂卒駿嗣位大初晋大
將軍凉州牧西平公駿之立也姑臧謡曰ㄧ

鴻從南來雀不驚誰謂孤鷄尾翅生高舉六翮鳳凰鳴　丨至是而收復河南之地

二王謠

晋書曰王珉字季琰少有才藝善行書與兄珣並有名聲出珣右故時人謂之語曰

法護非不佳僧彌難爲兄　法護珣小字　僧彌珉小字

苻洪時隴右謠　亦見雀鴻前秦錄

晋書曰苻洪字廣世略陽臨渭氏人也先是隴右大雨百姓苦之謠曰丨丨故因名洪自稱大單于三秦王死僞謚惠武帝

雨落不止洪水必起

苻生時長安謠二首

晋書曰苻生洪之孫嗣父健位 帝初生

也時爲龍驤將軍第在洛門之東生不知是堅以謠言之故誅其侍中魚遵及其子孫時又謠曰｜｜於是悉壞空城以禳之

東海大魚化爲龍男便爲王女爲公門在何所洛東門百里望空城鬱〻何青〻瞎兒不知法仰不見天星一生闕一日

苻堅時關中謠

晉書曰秦之未亂也長安謠曰｜｜果秦人呼鮮卑爲白虜慕容垂之起於關東歲在癸未

長鞘馬鞭擊左股太歲南行當復虜一作避

苻堅時童謠一名豐樂謠

長安大街兩邊種槐下走朱輪上有鸞栖英二句一本作夾〻樹

苻堅時長安謠

北史堅之末乱關中忽然無大雨烟氣大起
方數十里間餘不滅堅每臨听訟
者舉烟于城
北觀而錄之
欲得必存當舉烟閔中

苻堅時童謠

出慕容沖長安謠曰｜終為沖
後堅為慕容沖所
鳳皇鳳皇上阿房敗沖小字鳳皇也
雌雄双飛入紫宮
阿堅連寧三十年後若欲敗時當在江湖
十年
堅入五將山長得
魚羊田斗當滅秦鮮卑也時又有人於明光殿大呼曰甲申乙酉魚羊食人悲哉無復
遺
皇不生頭重面代
河水清復清苻詔死新城

壽春謠

東晉孝武敗秦將苻學攻陷壽春

晉[illegible]寿春[illegible]

衆諫不從堅遂敗

五楼

晋書載記曰慕容恍時五楼為侍中尚書專總朝政王公内外無不憚之尚書郎令史王儀諂事五楼遷尚書郎出為濟南太守入為尚書左丞時人為之語曰

欲得侯事五楼

翔馬謡 涼州

晋書曰孝武太元十四年苻堅故将呂光僭即三河王位光徙西海郡人於諸郡至是謡曰丨丨頃之遂扇動復徙之於西河

翔馬心何悲念舊中心勞燕雀何徘徊意欲還故巣

五經謡 陸乂

陸乂於五經最精熟舘中謂之石經人々為之語曰

[illegible]無對有陸乂

大風謠

晋書載記曰慕容寶嗣位以慕容德爲都督冀兗六州諸軍事鎮鄴會魏師入中山寶出奔于薊時有謠曰丨丨於是德之群臣勸德僭號稱元

大風蓬勃揚塵埃八井三刀卒起來四海鼎沸中山頹惟有德人據三臺

二梁謠

崔鴻前秦錄曰梁讜字伯言慎學有才藻與弟熙俱以文藻清麗見重一時人爲之語曰

關東堂堂二申兩房未若二梁環文綺章

五龍謠

崔鴻前涼錄曰辛攀字懷遠隴西狄道人父奭尚書郎兄鑒曠弟寶迅皆以才識知名秦雍爲之語曰

龍一門金友玉昆

白頭謠

升菴詩話三國典略曰侯景簒令飾朱雀門其日有萬許集於門樓童謠曰杜工部詩長安城頭頭白烏夜上延秋門上呼蓋用以侯景比祿山也而千家註不知引此

白頭烏拂朱雀還與吳

劉曜時玉方尺詩訣

皇王皇王敗趙昌井水竭構五梁咢酉小衰日囂喪

嗚呼嗚呼赤牛奮靷其盡乎

䶊埈一作塊謠

襄陽耆舊傳曰䶊埈去官還鄉里中人語曰

我家池裏龍種來歸

益部謠　文[illegible]文

華陽國志曰[illegible]文[illegible]武據石[illegible]曰[illegible]乃知[illegible]無

[illegible]謠曰

入公智無双

[illegible]

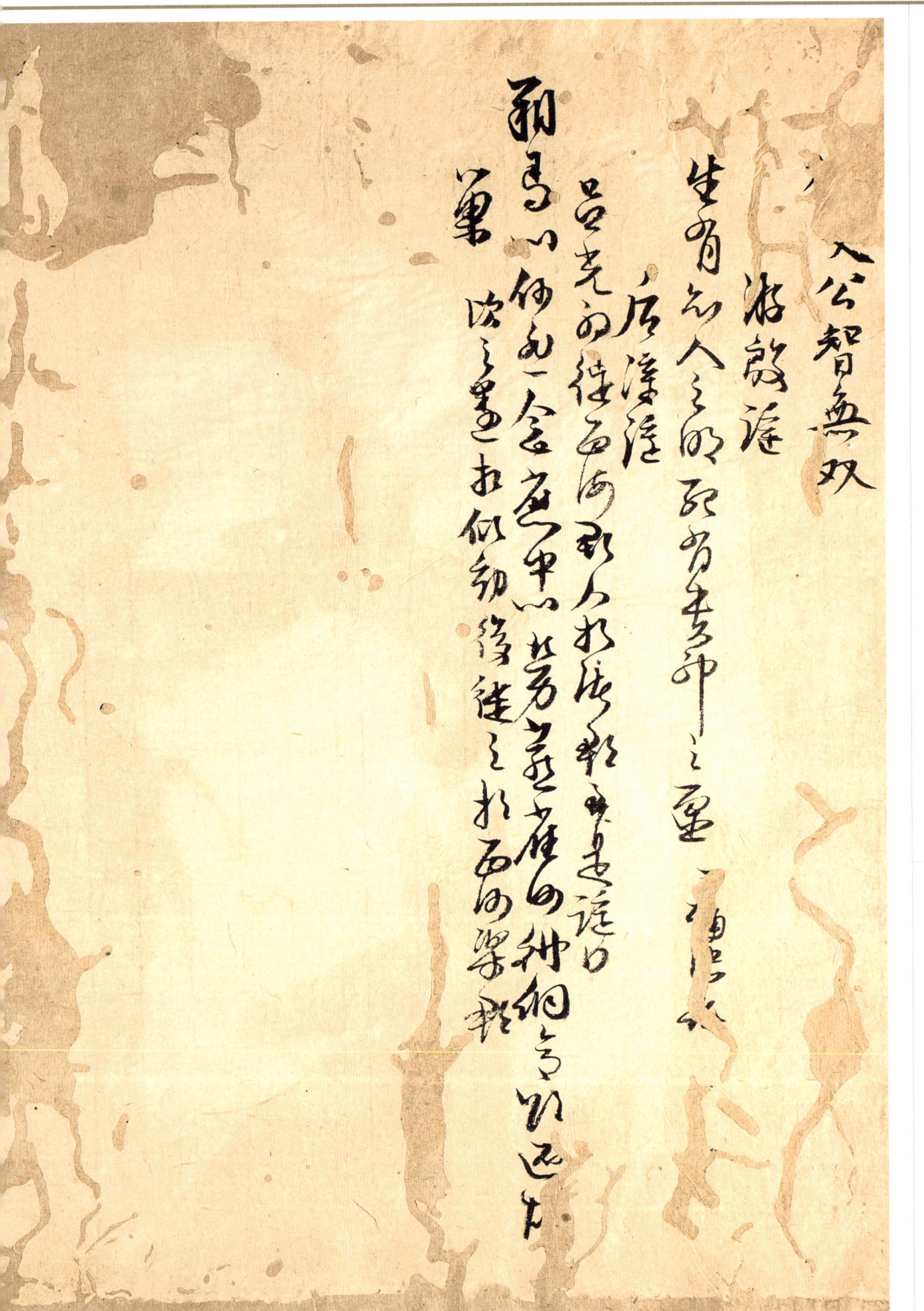

關東謠

苻堅載記新平羌叛垂以攻壘軍人饑甚多盜牛山野人相食

初關東謠曰䋸䋸之本名也其後垂將年高改姓把成絕

年兩䋸生當滅若不滅百姓絕

皇王皇王敗趙昌井水堨構五梁咢酉小衰日暇長

嗚呼嗚呼赤牛奮靷其盡乎

龍堠一作塠謠

襄陽耆舊傳曰龍堠去官還鄉里中人語曰

我家池裏龍種來歸

益部謠　文苑英文

華陽國志曰作文昌閱武檄石牛曰時刀智首穿下兵

以之益部謠而之謠曰

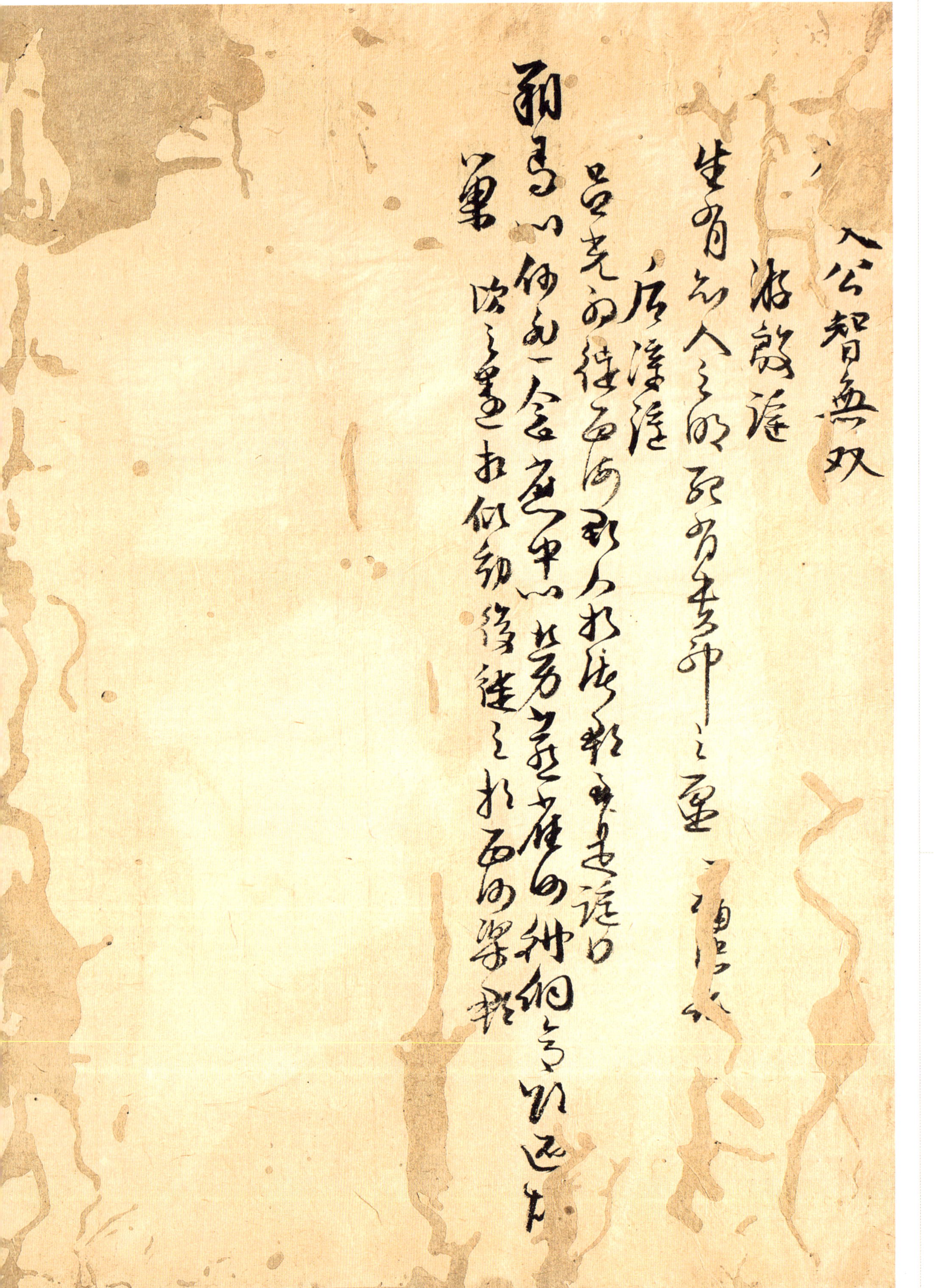

宋謠

元嘉中魏地童謠

南史曰宋元嘉二十七年魏太武帝圍汝南戍文帝遣臧質北救至盱眙太武□過淮自廣陵返攻盱台就質求酒質封溲便與之且報書云不聞童謠言邪虜馬飲江水佛狸死卯年寅期使然非復人事爾智識乃衆豈能勝苻堅邪頃年展爾陸梁者是爾未飲江太歲未卯耳時魏地有童謠故質引之云

虜馬飲江水佛狸死卯年

軺車北來如穿雉不意虜馬飲江水虜主北歸石濟死虜欲渡江天下徙

大明中謠

南史曰大明中有奚顯度者爲員外散騎侍郎孝武嘗使主領人功而苛虐無道動加捶撻暑雨寒雪不聽暫休人不堪命建康縣考囚或用方材壓額及踝脛故民間有此謠

又相戲曰反顧付
寔度其暴酷如此
寧得建康壓額不能受寔度拍
鐘一作跂去

元徽中童謠
齊書五行志曰元徽中童謠後沈攸之反雍
州刺史張近見襲江陵殺攸之子元琰等
襄陽白銅蹄郎殺荊州兒

顏謝謠
沈約宋書曰顏峻為吏部尚書留心舉奏
無不可復謝莊氏峻意多不行峻容貌嚴莊
風姿甚美賓客喧訴
常懽咲答之時人語曰
顏峻嗔而與人官謝莊咲而不與人官

明帝昇明時石頭城謠
宋中書監袁粲謀誅蕭道成不克而
死百姓哀之為之謠曰
可憐石頭城寧為袁粲死不作褚淵生

童謠

南史曰齊高帝輔政袁粲劉彥節王蘊等皆不同而沈攸之又稱兵反粲蘊雖敗攸之尚存下彬意猶以高帝事無所成乃謂帝曰比聞謠丨丨公頗聞不時蘊居父憂與粲同死故云尸著服也服者衣也孝子不在日代哭者褚子也彬謂沈攸之得志褚彥回當敗故言哭也列管謂蕭也高帝不悅及彬退曰彬自作此

可憐可念尸著服孝子不在日代哭列管暫鳴死滅族

都下謠

南史安成公何勗無忌之子臨汝公孟昶之子並名豪奢與徐湛之以肴膳車服相尚都下語曰

安成食臨汝飾湛之美兼何孟

西府謠

南史徐君蒨與魚弘皆以豪侈称西府諺曰

北路魚襄陽南路徐東海

都下諺

南史宋大明時慧嚴慧議道人並住東安寺學行精整而闘場寺多禪僧都下語曰

闘場禪師窟東安議義林

禾絹諺

南史曰宋明帝時阮佃夫楊運長王道隆皆擅威權言爲詔勑郡守令長一缺十除內外混然官以賄命王阮家富於公室中書舍人胡母顥專權奏無不可時人語曰｜｜禾絹謂上也

禾絹閉眼諾胡母大張橐

陸張諺

南史陸杲風韻舉止頗類舅張融時称

無對日下惟舅與甥

將士謠

南史曰宋越爲將性嚴酷好刑誅時王玄謨御下亦少恩將士爲之語曰

寧作五年徒不逐王玄謨玄謨猶尚可宋越更殺我

跋扈謠

宋書武帝紀曰諸葛長人貪淫驕縱帝每優容之劉毅既誅長人懼禍及將其作亂帝自江陵還長人到門引前却人閑語帝已密命左右丁旿自後於坐拉焉死寢側與屍付廷尉旿驍勇有力時人語曰

勿跋扈付丁旿

二王謠

南史云宋德既衰齊高帝輔政朝野之人情懷彼此吏部尚書王延之尚書令王僧虔中立無所去就時人語曰

二王居平不送不迎

陽平謡 乜汝玭

北史宋世良爲陽平太守郡東南有曲堤成公一姓阻而居之群盜萃此人語曰世良旅制盜奔也賛人又謡

寧度東吳會稽不歷成公曲堤

又曰曲堤雖險賊何益但有宋公自屛跡 李延禮

東光[illegible]曲[illegible]用風霜 王延[illegible]

齊謡

永元元年童謡

齊書五行志曰永元元年童謡千里流者江祐也東城遥光也遥光夜舉事垣歷佳者烏皮袴褶往奔之跛脚亦遥光老姥子孝字之象徐孝嗣也

洋洋千里流流妟東城頭烏馬烏皮袴三更相告許脚跛不得起誤殺老姥子

清漳謡

南史永明末張融以言詞辯捷周顒彌爲清綺而劉繪音釆不贍雅有風則時人語曰言其處二人間也

三人共宅夾清漳張南周北劉中央

王瑩謡

南史齊王瑩爲公須開黄閤宅前促欲買南鄰朱偘半宅偘懼侵貨得錢南萬瑩因回閤

向東時人諺曰

欲向南錢可貪遂向東爲黃銅

永元中童謠

齊五行志曰永元中童謠〻識者解云陳顯達屬豬崔慧景屬馬非也東昏侯屬豬馬子未詳梁王屬龍蕭穎冑屬虎崔慧景攻臺城廣莫門死時年六十三烏集傳舍即所謂瞻烏爰止于誰之屋三八二十四起建元元年至中興二年二十四年也摧折景陽樓亦高臺傾頹之意也言天下將去乃得也休息

野豬雖嗃嗃馬子空閭渠不知龍與虎飲食江南墟

七九六十三廣莫人無餘烏集傳舍頭今汝得寬休

但看三八後摧折景陽樓

廢帝隆昌中童謠

時有女巫子楊旻

齊武帝永明中童謡

時有河門黄北大目坐入齋大[illegible]于中書以謡答之

東大南流表南國

劉瓛謡

南齊書王是人士威文章德義皆[illegible]

[illegible]

辭

劉瓛[illegible]宅利開一門

虜中童謡

黑水流北赤火入齊

尋而京師人家忽生火赤於常火熱小微貴賤爭取以治病以此火灸桃枝七炷七日皆差敕禁之不能斷

王瑩謡

南史齊王瑩爲公須開黄閤宅前促欲南

鄰朱侃半宅侃懼侵貨得錢南萬瑩乃回閤

向東時
人語曰

欲向南錢可貪遂向東爲黄銅

永元中童謠

齊五行志曰永元中童謠〻識者解云陳顯
達屬豬崔慧景屬馬非也東昏侯屬豬馬子
未詳梁王屬龍蕭穎冑屬虎崔慧景攻臺[illegible]
廣莫門死時年六十三烏集傳舍即所謂瞻
烏爰止于誰之屋三八二十四起建元元年
至中興二年二十四年也摧折景陽婁亦高
臺傾之意也言
天下將去乃得也 仕見

野豬雖嗃嗃馬子空閭渠不知龍與虎飲食江南墟
七九六十三廣莫人無餘烏集傳舍頭今汝得寛休
但看三八後摧折景陽樓

廢帝隆昌中童謠

時有女巫子楊旻隨

[illegible]時都下謠

欲求貴職依刀敕須得富豪事扺刀

東昏時宮中謠

趙鬼食鴨劃諸鬼盡著調東昏時左右應敕捉刀之徒並專國命謂之刀敕權奪人主梁武平齊皆誅之初左右刀敕之徒悉號曰鬼俗以細劃肉糅之以姜桂曰劃意者以山徒當細劃烹之也

洋洋千里流流翁東城頭烏馬烏皮袴三更相告訴脚跛不得起誤殺老姥子千里流者江祏也東城烏遙光也遙光夜舉事垣歷生著烏皮袴褶往奔之脚跛亦遙光老姥子孝字之譌徐孝嗣也

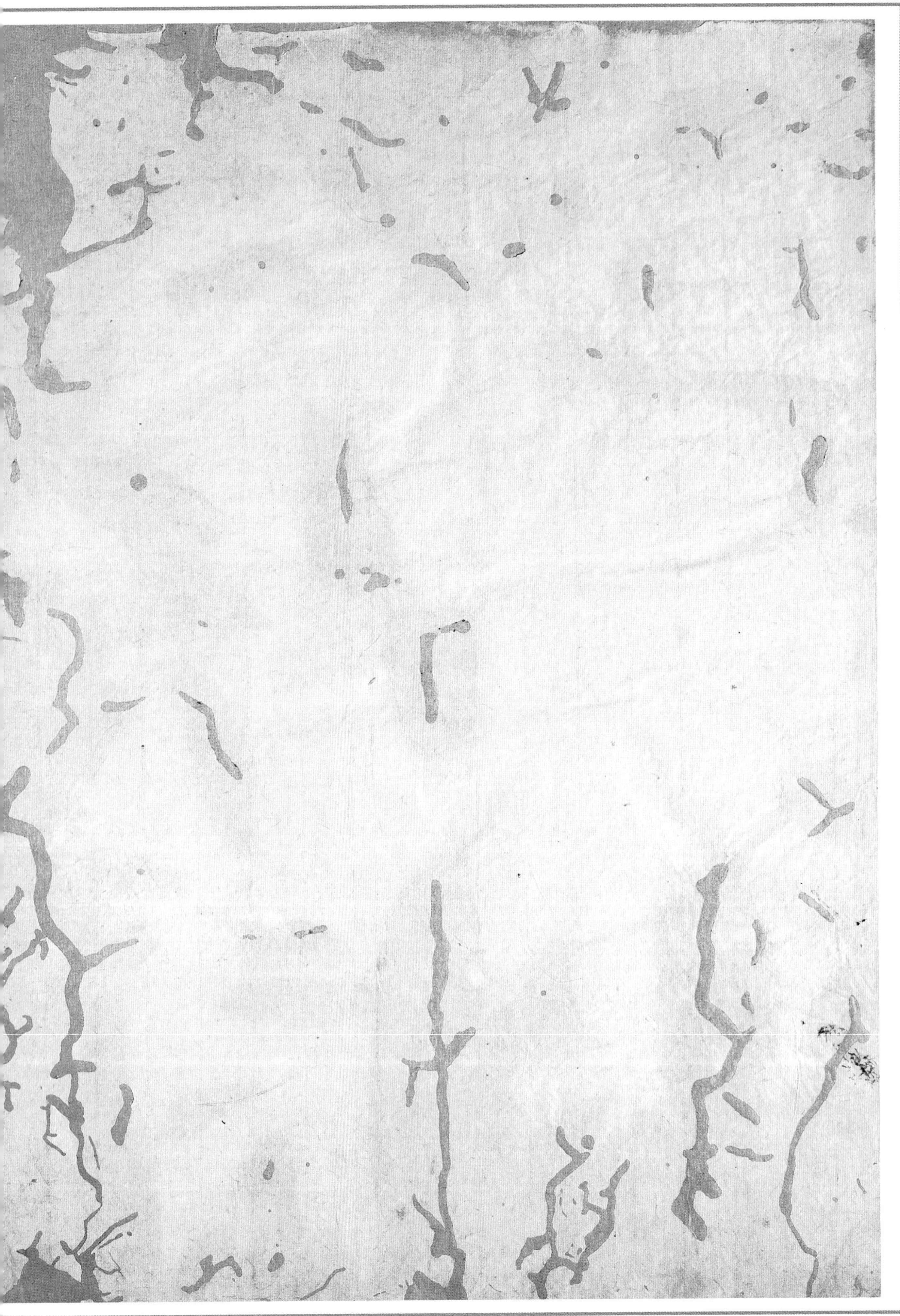

梁武帝時謠

南史曰梁武帝天監元年十一月立長子統爲皇太子時民間有謠援鹿子開者反語爲來子哭也後太子果薨是時長子歡爲徐州刺史以嫡孫次應嗣位而帝意在晋安王猶豫未決及立晋安王爲皇太子而歡止封豫章郡王還任謠言心徘徊者未定也城中諸少年逐歡歸去來者後還徐方之象也統即昭明太子也

鹿子開城門城門鹿子開當開復未開使我心徘徊

城中諸少年逐歡歸去來

武帝在雍鎮童謠

襄陽白銅蹄反縛揚州兒白銅蹄謂金蹄爲馬也[illegible]金色也及義師[illegible][illegible]實以鐵騎揚州之士皆面縛如謠云

雍州童謠

南史曰蕭範梁武帝之從子也都於雍州刺
史撫循將士盡得歡心時論者謂範欲爲賊
又童謡丨丨
然卒無驗

莫怱怱且寬公誰當作天子草覆車邊已

武帝時北方童謡

南史曰梁武帝時魏降人王足陳計求堰淮
水以灌壽陽足引北方童謡曰丨丨帝發淮
陽戶丁及戰士二十萬築之以康絢督其事
南起浮山北抵巉石堰成長九里高二十丈
夾堤并樹杞柳軍人安堵其上魏軍竟潰而
歸水之所及方數百里魏壽陽城戍稍徙頓
八公山

荊山爲上格浮山爲下格潼沱爲激溝併灌鉅野澤

武帝天監三年寶誌公詩

南史曰梁武帝天監三年講於重雲殿沙門
誌公忽然歌樂須臾悲泣因賦五言詩云云
梁曰天監至於大同三十餘年江表無事至
太清二年臺城陷帝享國四十八年所言五

十裹也太清元年而侯景自懸瓠來降在册隠之比子地帝感不异之言以内果六之作亂自戊申至午年帝憂崩

樂哉三十餘悲哉五十裹但看八十三子地妖災起倿臣作欺妄賊臣滅君子若不信吾語龍時侯賊起且至馬中間啣悲不見喜

武帝天監十年寶誌公詩二首

南史曰梁武帝天監十年誌公於大會中又作詩云云侯景小字狗子幼自懸瓠來降懸瓠則古之汝南也巴陵南有地名三湘即景奔敗之所

兀尾狗子始著狂欲死不死齧人傷須臾之間自滅亡患在汝陰死三湘横尸一旦無人載

又曰山家小兒果攘臂太極殿前作𢅌視梁書誌又曰山家小兒猴狀謂侯景也

梁時謠　樂府作梁時諺

梁朝全盛之時貴游子弟多無季術諺云無不薰衣剃面傅粉流朱駕長簷車跟高齒屐坐棊子方褥憑班絲隱囊列器玩於左右從容出望若神仙故[illegible]云　楊用修又云宋時人[illegible]

上車不落則着作體中何如則秘書　[illegible]

又寶誌公讖

太歲龍將無理蕭經霜草應死餘人散十八子

侯景時謠二首

的盧烏拂朱雀還與吳　的盧烏又曰白頭烏

又

苦竹町市南有好井荊州軍殺侯景　[illegible]

荊州童謠三首

幷蘇[illegible]旱日[illegible]兩耳會見[illegible]兒作天子[illegible]

獨梁之下有瞎天子

脱青袍着芒𪨊荆州天子挺應着

王謝謡

梁書謝舉中書令覽之弟也幼學好能清高與覽齊名世人爲之語曰養炬王筠王泰小字也

王有養炬謝有覽舉

大同中童謡

南史曰侯景渦陽之敗遣人求錦朝廷給之青布其後皆用爲袍色尚青景乘白馬青絲爲轡欲以應謡

青絲白馬壽陽来

梁世童謡

王氣在三餘武帝聞之乃於餘干餘姚餘杭爲厭勝後湖州餘干山餘襲溪餘魚清陳武帝

興
焉

梁時童謠

南史曰臨賀王正德與侯景同逆其後梁室傾覆既由正德百姓至聞臨賀郡名亦不欲道童謠｜｜其惡之如此

盜逢五虎入市不欲見臨賀父子

何蕭謠（二楊）

梁西城何安住白楊頭蘭陵蕭脊住青陽巷俱有雋才時人語曰

世有兩俊白楊州安青楊蕭脊

東海謠

梁何思澄與宗人遜及何子朗俱擅文名世人語曰｜｜又曰｜

人中爽有子朗

又曰東海三何子朗最多思澄聞之曰此言誤矣如其不然故當歸遜思澄意

謂在已也

北童謡

南史曰齊遣柳達摩領兵侵梁陳霸先命侯安都敗之達摩謂衆曰頃在比童謡丨丨侯景服青已倒亡此令右徒衣黄豈謡言驗邪

石頭擣兩襠擣青復擣黄

山陰謡

南史曰丘仲孚為山陰令居職甚有聲稱百姓為此謡前世傳琰父子沈憲劉玄明相繼宰山陰並有政績

二傅沈劉不如一丘

梁末南人謡

南史曰梁兵既勝齊兵中以賞俘貿酒者一人裁得一醉先是童謡

虜萬夫入五湖城南酒家使虜奴

鮑佐謠

南史曰鮑正為湘東王五佐好交遊無日不適人人為之語曰

無處不烏逢噪無處不逢鮑佐

梁末童謠

南史曰梁末有童謠及王僧辯滅說者以為僧辯本乘巴馬以擊侯景馬上郎王字也塵謂陳也江東謂羖羊角為皂莢隋氏姓楊楊羊也言陳終滅於隋也

可憐巴馬子一日行千里不見馬上郎但有黃塵起

黃塵汚人衣皂莢相料理

又

南史謠云自晉宋以後經謠（一作結）在魏境江淮以北南人皆謂為虜是時破蕭軌等以賞俘貿酒者一人裁得一醉

虜萬夫入五湖城南酒家使虜奴

省中語

南史曰賀琛仕梁爲散騎常侍散尚書左丞参禮儀事毎進見武帝與語常移晷刻故省中語丨丨琛容止閒雅故時人呼之

上殿不下有賀雅

熒惑注

呉孫休永安三年熒惑の南斗裏星比流讙云爲乃後
呉下所以穰之及問紀太史逃至日落也以天象知
熒惑入南斗三子ラ所之

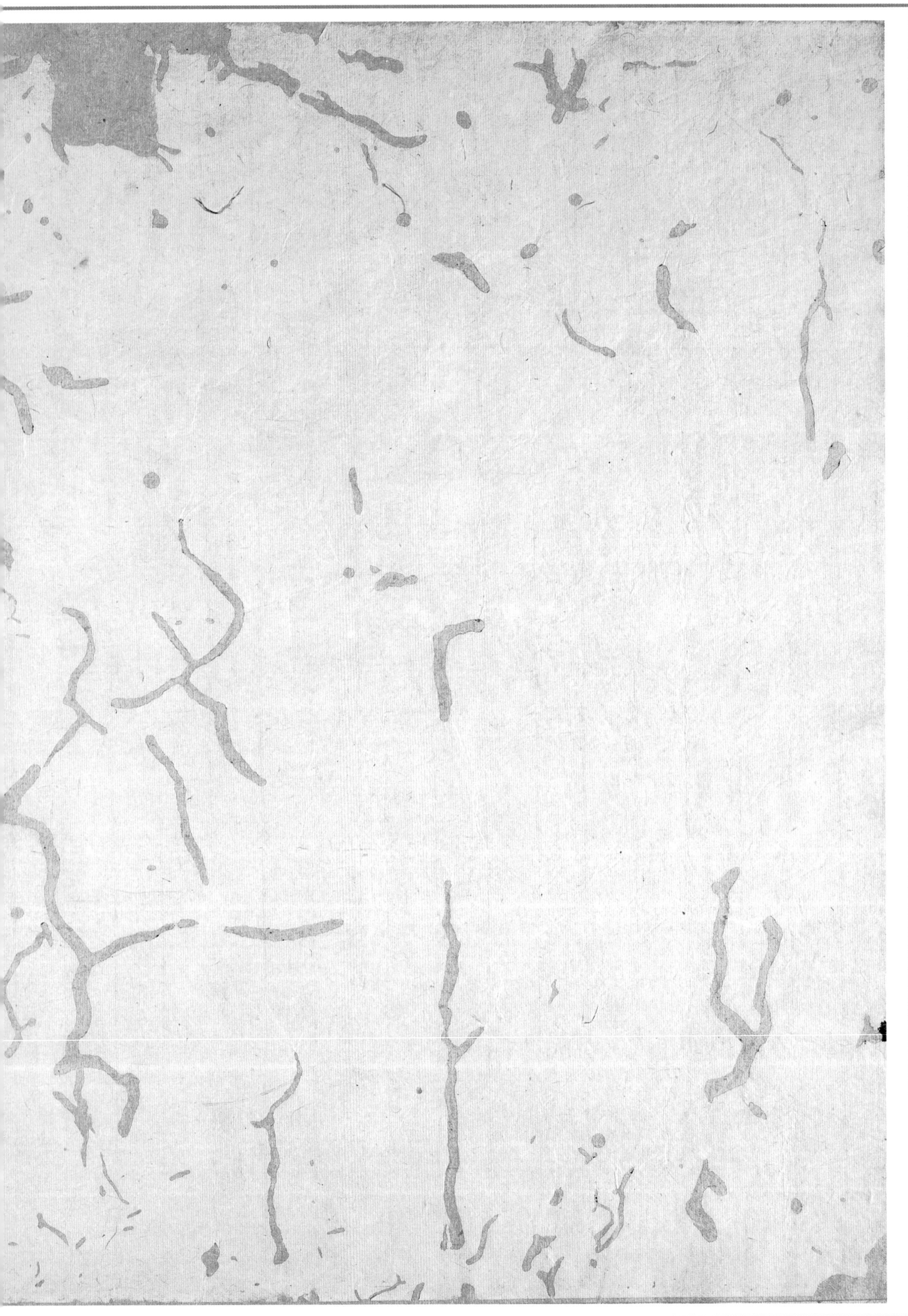

陳謠

陳初童 江東謠

隋書五行志曰陳初有童謠其後陳主果爲韓擒所敗擒本名擒虎黄斑之謂也破建康之始復乘青驄馬往反時節皆應

黄斑青驄馬發自壽陽涘來時冬氣末去日春風始

又 陳初童謠

御路種竹篠蕭〻巳復起合盤貯蓬塊無復揚塵巳

又

日西夜烏飛拔劔倚梁柱歸去來歸山下

陳后主時婦人突唱

南史曰後主在東宮時有婦人突入唱曰畢國主有鳥一足集其殿庭以嘴畫城成文云解者以爲獨足者蓋指後主獨行無衆盛草言荒穢隋承火運草得火而灰又至京師

與家屬館於都水臺所謂上高臺當水也其言皆驗

獨走上高臺盛草變為灰欲知我家處朱門當水開

曲堤謡

北史曰宋世良為清河太守才識閑明尤善政術郡東南有曲堤群盜所萃世良施八條之制盜奔它境而民為此謡

曲堤雖險賊何益但有宋公自屛跡

隋謡

煬帝時并州童謡

北史曰漢王諒反爲楊素所敗幽死先是童謡曰一丨丨時僞署官告身皆一紙別授則二紙諒聞謡喜曰我幼字阿客量與諒同音吾於皇家最小以爲應之

一張紙兩張紙客量小兒作天子

隋又受禪謡

北史文帝以劉昉有定策功拜上大將軍封黄國公與沛國公鄭譯皆爲心膂時人語曰

劉昉牽前鄭譯推後

隋開皇時中書謡

北史趙叔堅爲中書侍頗招物議與馮琮子慈明祖珽子君信相継居中書故時語云

馮祖及趙穢我鳳池

大業中童謡

隋書五行志曰煬帝大業中童謡其後李密坐楊玄感之逆爲吏所拘在路逃叛潜結群

盜自陽城山而來襲破洛口倉後復屯兵荒
内莫浪語客也宇文化及自號許國尋亦破
滅誰道許者蓋
驚疑之辭也

桃李子鴻鵠遶陽山宛轉花林裏莫浪語誰道許

長白山謠

長白山前知世郎純着紅羅錦背襠長矟侵天半輪
刀耀日光上山喫獐鹿下山喫牛羊忽聞官軍至提
刀向前盪譬如遼東死斬頭何所傷

長安謠

比史曰崔弘度隋仁壽中為太府卿性嚴酷
官屬百工莫敢欺隱時有屈突蓋為武侯車
騎亦嚴刻長
安為之語曰

寧飲三斗醋不見崔洪度寧灸三斗艾不逢屈突蓋

玉漿泉謠

隋書盧勳為渭州刺史鳥鼠山絶壁千尋由来之水勳馬足所踐飛泉湧出有白鳥翔止廳前乳子而後去民乃謡云

我有丹陽山出玉漿濟我人夷神鳥来翔

隋末謡

江南楊柳樹河北李花營楊柳飛綿何處去李花結果自然成

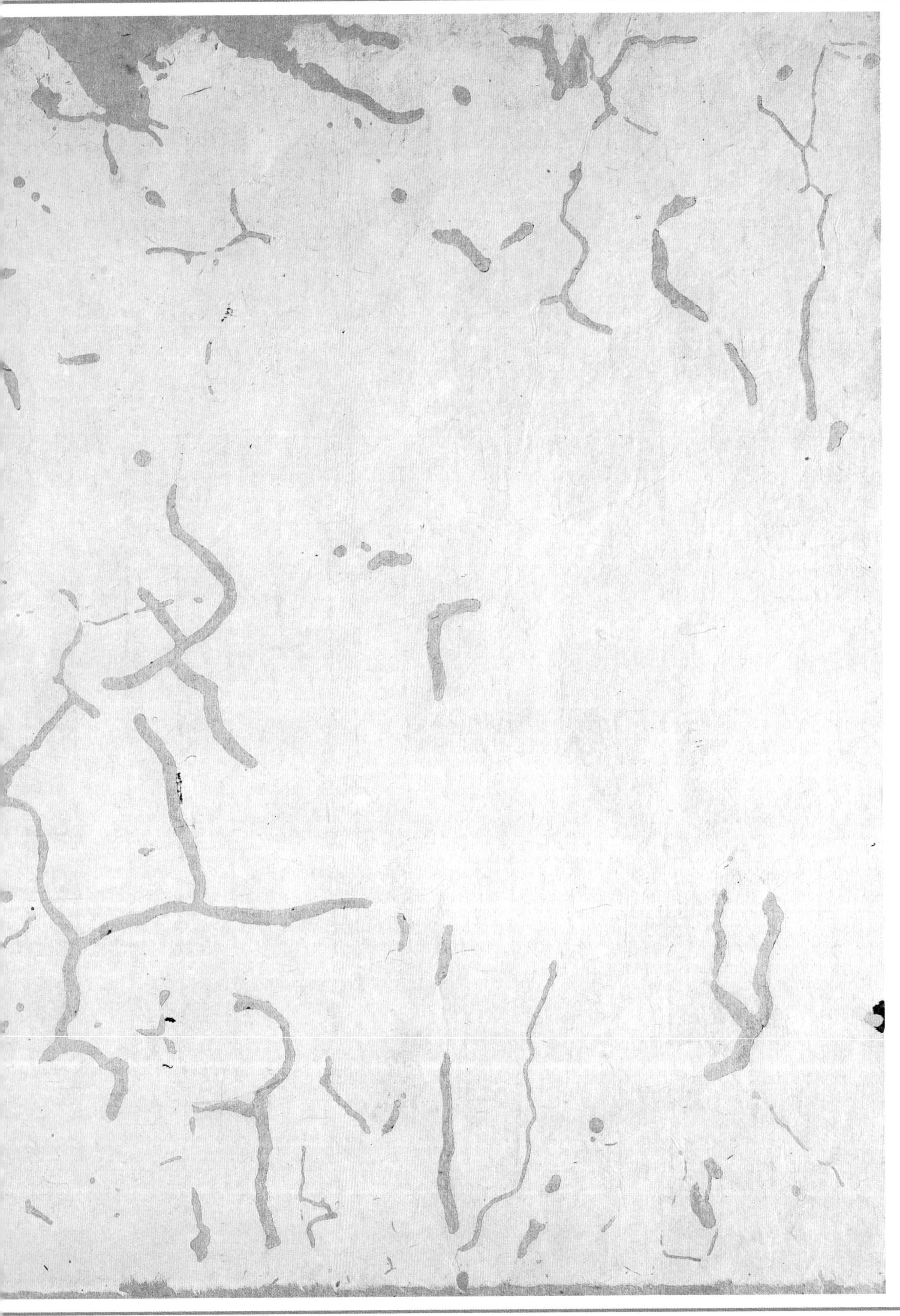

北朝謠

元魏聖武生時謠

北史聖武在時見輜軿自天而下既至見美婦自稱天女受命相偶乃生坤元時人諺曰

詰汾皇帝無婦家力微皇帝無舅家坤元諱力微

元魏時洛陽謠

洛陽男兒急作髻瑤光寺尼奪作壻

魏北鎮中謠

北史陸乂折五經最精熟館中記石經人為之語曰——

五經無對有陸乂

元魏世謠

河南種穀河北生白楊樹頭金雞鳴

魏孝文時河東謠

北史常山王遵孫元淑孝文時為河東太守下車勸課二年家給人足為之謡曰||

秦州河東杼柚代春元公至止田疇始理

魏孝文時中書謡

北史馮祖子慈明祖珽子君彦趙彦子叔堅相繼居中書時語曰||

馮祖及趙織我鳳池

南州謡

北史魏孝文初南州多事李訢鄧宗慶等號為明察而猶見誅僇惟王癡懦緩不斷乃得自保時人語曰||

寶癡寶存終得保存

二王謡

北史魏王遵業延業並有文才為孝明講孝經時人語曰||

英英濟濟王家兄弟

又

屋三斗芝石自屋室下屋寧所三斗芝不速屋室通

室芝光屋室通爲土鳥行生降車孫収羊車芝通時

人爲浮

長安謡

雜録云城南杜鄠之長安謡云

城南韋杜去天尺五

元魏世謡

河南種穀河北生白楊樹頭金鷄鳴

魏孝文時河東謡

北史常山王遵孫元淑孝文時爲河東太守下車勸課二年家給人足爲之謡曰｜｜

秦州河東杼柚代春元公至止田疇始理

魏孝文時中書謡

北史馮祖子懿明祖珽子君彥趙彥子叔堅相繼居中書時語曰｜

馮祖及趙職我鳳池

南州謡

北史魏孝文初南州多事李訢鄧宗慶等號爲明察而猶見誅僇惟王癡懦緩不斷乃得自保時人語曰｜｜

實癡實存終得保存

二王謡

北史魏王遵業延業並有文才爲孝明講孝經時人語曰｜｜

英英濟濟王家兄弟

后魏宣武時謡
北史宣武時元暉盧昶深被寵禮凡在中要密事蔵之於櫃二人入乃開時人號曰——
餓彪將軍飢鷹侍中

后魏宣武孝明時諺
北史魏本紀曰識者以為魏本索髮焦梨狗子指宇文泰俗字謂之黑獺也
狐非狐貉非貉焦梨狗子齧斷索

后魏靈后時謡
北史靈后幸左蔵令王公皆任力負布絹即以賜之多者過二百匹少者百餘帷長樂公禹手持二十匹而出示不異衆而已陳留公李崇章武王元融以所負多仆於地崇乃傷腰融元折脚
時人語曰
陳留章武折腰傷股貪人敗賄穢我明主

后魏趙郡謡

北史曰後魏李孝伯父曾道武時爲趙郡太守令行禁止并州丁零數爲山東害知曾能得百姓死力不敢入境賊於常山界得一死鹿賊長爲趙郡地也責之還令送鹿故處其見憚如此郡人爲之謡

詐作趙郡鹿猶勝常山粟

李謐諺

北史后魏李謐少好學周覽百氏初師事小學博士孔璠數年後璠還就謐請業問門生語曰

青成藍、謝青師何常在明經

北海諺

北史后魏胥思伯思同師北海陰鳳業竟無資酬之鳳遂質盡衣物時人語曰 及思伯刺史青州送遞百匹與車馬迎之鳳慙不往

陰生讀書不免癡不識双鳳脱人衣

京路謠

北史孝文時范陽祖瑩與陳郡袁翻齊名秀出時人語曰

京師楚楚袁與祖洛中翩翩祖與袁

后魏正光中北地謠

北史唐永爲北地太守四年與賊數十戰未嘗敗時人語曰

莫陸梁恐爾逢唐將

后魏大通時謠二首

北史爾朱氏之將滅也京中謠曰

三月末四月初揚灰簸土覓真珠

又曰頭去項腳根齊驅上樹不須梯

崔楷謠

北史魏崔楷性嚴烈時人語曰

莫贋郁買獬孤揩付崔楷

洛人謡

北史獨孤信鎮洛徵柳虯裴諏並掌文翰時人語曰

比府裴諏南府柳虯

洛下謡

北史裴讓之弟諏之皇甫和弟亮並知名洛下時人曰

諏勝於讓和不如亮

省中謡

北史崔浩奇裴駿目為三河領袖省中語曰

能賦詩裴讓之

陽休之好[illegible][illegible]文藻時人[illegible]之語 曰能[illegible][illegible][illegible]陽休之

後魏末童謡

北史齊本紀曰後魏末文宣未受禪時有童謡按藁然兩頭於文為髙河邊羖䍽為水邊

京路謠

北史孝文時范陽祖瑩與陳郡袁翻齊名秀出時語曰

京師楚楚袁與祖洛中翩[illegible]祖與袁

后魏正光中北地謠

北史唐永爲北地太守四年與賊數十戰未嘗敗時人語曰

莫陸梁恐爾逢唐將

后魏大通時謠二首

北史爾朱氏之將滅也京中謠曰

三月末四月初揚灰簸土覓真珠

又

回頭去項脚根齊驅上樹不須梯

崔楷謠

北史魏崔楷性嚴烈時人語曰

莫鷹郁買獬孤揩付崔楷

洛人謡

北史獨孤信鎮洛徵柳蚪裴諏並掌文翰時人語曰

北府裴諏南府柳蚪

洛下謡

北史裴讓之弟諏之皇甫和弟亮並知名洛下時人曰

諏勝扵讓和不如亮

能

謡

北齊書爲但兒童時人謡曰

[illegible]

有童

水邊

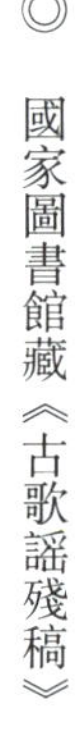

羊指帝名也於是徐
之才勸帝受禪焉

一束藁兩頭然河邊羖䍽飛上天

下句一作[illegible]

[illegible]

房氏謠

比史后魏房景伯景先景逵
暮喪並不內御里人語曰

有禮有義房家兄弟

西魏相府謠

比史魏孝武時裴漢善尺牘簿
領決斷如流相府語曰

日下燦爛有裴漢

濟比謠

比人李晋濟學涉有名性和歡
位濟比太守時人語曰

入麄入細李晋濟

西魏諸生謡

北史呂思禮長於論難諸生語曰

讀（論）書論易鋒難敵

東魏童謡

北史東魏孝靜帝之将立也時有童謡按青雀子謂静帝實清河王之世子鸚鵡謂齊神武也後竟為齊所滅

可憐青雀子飛来鄴城裏羽翮垂欲成化作鸚鵡子

隋書五行志上二句下作窠猶未成舉頭失鄉里 寄言與婦母好看新婦子 [illegible]

三王謡

北史濟南王彧安豐王延明中山王熙並以宗室博古文學齊名時人莫能定其優劣盧道将謂崔休曰三人才學業並優美然安豐少於造次中山皂白太多未若濟南風流宜雅時人為之語曰

三王楚琳瑯未若濟南備圓方

新京師謡

伽藍記洛陽子下曰昔彭城王作青州問其信答云

曰齊土風俗淺薄太守初入皆懷磚叩頭以美其意及還以磚

擊之是以京師語曰｜｜

獄中無繫囚舍內無青州假令家道惡腹中不懷磚

洛□謡

北人李普濟學涉有名性和歎

位濟北太守時人語曰

入麤入細李普濟

西魏諸生謡

北史呂思禮長於論難諸生語曰

讀書論易鋒難敵

東魏童謡

北史東魏孝靜帝之將立也時有童謡云按青雀子謂靜帝實清河王之世子鸚鵡謂齊神武也後竟為齊所滅

隋書五行志上二句下接作窠猶未成舉頭失鄉里寄書與婦母好看新婦子 [illegible]

可憐青雀子飛來鄴城裏羽翮垂欲成化作鸚鵡子

三王謡

北史濟南王彧安豐王延明中山王熙並以宗室博古文學齊名時人莫能定其優劣尚書盧道將謂崔休曰三人才學雖並優美然安豐少於造次中山皂白太多未若濟南風流實雅時人為之語曰

三王楚林琅未若濟南備圓方

北齊童謡[illegible]

周里跂求伽豹祠嫁石婆斬冢作媒人惟得一量紫綖靴[illegible]

其後緯[illegible]

又

九龍母死不作孝婁后崩武成不改服

幽州謡

北史北齊盧昌衡小字龍子從弟思道小字釋奴俱稱英妙幽州語曰

盧家千里釋奴龍子

北齊鄴下謡

北史陳元康爲都官郎文襄入輔居鄴下崔暹崔季舒崔昂等並被任用張亮張徽並爲神武侍過皆出南康下時語曰

三崔二張不如一康

又鄴下謠

北史北齊趙郡李渾弟繪緯皆有文學而緯善接對鄴下語曰

學則渾繪緯口則繪緯渾

趙郡謠

北史齊李義深趙郡高邑人有才用而心險峭時人語曰

劍戟森、李義深

北齊童謠三首

北史常山王殺楊愔先是童謠白羊謂楊愔角文爲用力

白羊頭毛禿羖䍽頭生角

羊羊喫野草，不喫野草遠我道，不遠打爾腦。

阿婆姑碣也，道人姑夫死也，道人[illegible]摩訶[illegible]以二位日阿婆姑

北齊文宣時謠

三人崩後[illegible]均猶言于敢天家皆為高歡姑

北史齊本紀曰：[illegible]帝以[illegible]五年生於[illegible]日，石[illegible]

[illegible]羊[illegible]因人以用[illegible]

石季龍舊居，故曰石室三千六百日

果如謠言

謠言

馬子入石室，三千六百日。

北齊天保中陸法和書讖二首

北史：天保中，陸法和入國，書其屋壁曰。時文宣帝享國十年而崩，廢帝嗣立百餘日，用替

欲位，孝昭即位十年而崩，此其驗也。本傳文

十二天子為尚可，百日天子急如火，周年天子迭代

坐一母生三天，兩天共五年。寺中謠

婁太后生三天子，自孝昭即位至武成傳位後主，共五年

比史比齊少卿宋世軌善察獄
蘇峻平，幹知名寺中語曰
決定嫌疑蘇珍之覈表知裏宋世軌
北齊文宣時鄴下諺
北史崔暹子達拏年十三令其作高座同郡
睢仲讓陽爲之屈暹即以仲讓爲司徒中郎
鄴下
語曰
講義兩行得中郎
北齊後主武平初童謡
隋書武平元年四月隴東王胡長仁謀遣刺
客殺和士開事露反爲士開所譖而死
狐截尾你欲除我我除你
北齊後主武平中童謡
隋書七月和士開被誅九月瑯琊王儼告十
一月趙彥深出爲西州刺史
和士開七月三十日將你向南臺

七月刈禾傷早九月喫糕正好十月洗蕩飯甕十一月出却趙老

北齊後主武平末童謡

北史后主皇后穆氏小字黄花先是[illegible]言黄花不久也后主自立穆后以後[illegible]飲無度故云

黄花勢欲落清樽但滿酌

北齊鄴都童謡　前見本紀全注

可憐青雀子飛入鄴城裏作窠猶未成舉頭失鄉里寄言與父母好看新婦子

玉壁童謡

獾獾頭團團河中狗子破尔莞　獾指高歡狗子指宇文泰也

北齊謡

阿麼姑禍也道人姑夫死也道人謂廢帝后曾爲尼

情　故曰阿麼帝崩后嫁楊

北齊武定中童謠　隋書五行志　高者齊姓也　澄文襄名

百尺高竿摧折水底然燈燈滅

北齊太上時童謠

千金買藥園中有芙蓉樹破家不分明蓮子隨他去

北齊童謠　北史曰初孝昭時武成王有異謀先是童謠曰中興寺[illegible]相[illegible]也白鳧翁[illegible]成小字步落稽　道人濟南王[illegible]名也[illegible]言將被擊

中興寺內白鳧翁四方側聽聲雍雍道人聞之夜打

鐘　也武成用[illegible]青言[illegible]　孝昭尋崩山陵[illegible]　帝所信

北齊武成謠　設图[illegible]長斛[illegible]行光图

後周帝孝寬密爲此謠令人傳於鄴中

小兒歌之祖珽因續之曰盲老公背受大斧

饒舌老母不得語帝以問珽珽曰百升斛也

盲老公臣也與國同憂饒舌老母女侍中陸

鄴中童謡 [illegible]

[illegible]

云

黄花勢欲落清樽但滿酌

北齊鄴都童謡 前見本紀注

可憐青雀子飛入鄴城裏作窠猶未成舉頭失鄉里

寄言與父母好看新婦子

玉壁童謡

獾獾頭團團河中狗子破尔苑 獾指高歡狗子指宇文泰也

北齊謡

阿麼姑禍也道人姑夫死也道人謂廢帝后曾爲尼故曰阿麼帝崩后嫁楊愔

北齊武定中童謠高者齊姓也澄文襄名 隋書五行志

百尺高竿摧折水底然燈燈滅

北齊太上時童謠

千金買藥園中有芙蓉樹破家不分明蓮子隨他去

北齊童謠北史曰初孝昭時武成王有異謀先是童謠

中興寺内白鳧翁四方側聽聲雍雍道人聞之夜打鐘

中興寺[illegible]相[illegible]也白鳧翁[illegible]成小字步落稽道人濟南王小名也打[illegible]鐘言將被擊也武成用之青言[illegible]孝昭居[illegible]山[illegible]帝即位

北齊武成謠 散國[illegible][illegible]畏斛[illegible]行光[illegible]

後周常孝寬密爲此謠令人傳於鄴中鄴中小兒歌之祖珽因續之曰盲老公背上大斧饒舌老母不得語帝以問珽珽曰百升斛也盲老公臣也與國同憂饒舌老母女侍中陸

氏也帝信之
執光殺之周遂滅齊

百升飛上天明月照長安

歷十六繳十四犍子伯頌三十二其後出滅山崩年二十二

北齊大業中童謡

隋書五行志鄴中童謡[illegible]未幾亡為周所滅周都関[illegible]也

金作掃帚玉作把淨掃殿屋迎西家

鄴郭公謡

樂府廣題北齊後主高緯雅好傀儡謂之郭公
謡時人戲為郭公歌蓋語妖也

鄴鄴郭公九十九伎倆漸盡入滕口大兒緣高岡稚子東南走不信吾言時但看歲在酉

宇文周初童謡

周静帝隋氏之甥既
遜位而崩諸舅強盛

白楊樹頭金鷄鳴祇有阿舅無外甥

周武時謡

北史貝州刺史庫狄士文司馬常焜清河令
趙恢並苛刻惟長史有惠政時人語曰周武
嘆曰士文暴
過猛獸

刺史羅刹政司馬蝮蛇瞋長史含笑判清河生喫人

政一作怒

相州謠

北史周樊叔略為相
百姓語曰

智無窮清鄉公上下安樊安定

宇文周時四大謠

北史熊安生與同郡宗道暉周暉紀顯敬徐
道明等為祖師道暉好着大屐人為之語曰
謂之四大顯公沙門也宋公安
德太守也路娃人也西州

顯公鍾宋公鼓宗道暉屐李洛姬肚

凉武昭時謠

凉武昭王李寧后尹氏謨謀經略
多所毗贊西州語曰｜

崇教寺謡

長白新羅歷戍每有驚石形如車月臧之若[illegible]加[illegible]乃及

爲重於西[illegible]村稱於都國吏人聲之甚[illegible]當[illegible]之[illegible]來

寺相之走而於一人[illegible]爲

不任重之而見[illegible]

并州謡

此是隋日連方長時人云

并州[illegible][illegible]唐去白

周静帝隋氏之甥既遜位而崩諸舅強盛

白楊樹頭金鷄鳴祇有阿舅無外甥

周武時謡

北史貝州刺史庫狄士文司馬常焜清河令趙恢丞苛刻惟長史有惠政時人語曰周武嘆曰士文暴過猛獸

刺史羅剎政司馬蝮蛇瞋長史含笑判清河生喫人

政一作怒

相州謠

北史周樊叔略為相百姓語曰

智無窮清鄉公上下安樊安定

宇文周時四大謠

北史熊安生與同郡宗道暉周暉紀顯敬徐道明等為祖師道暉好着大屐人為之語曰謂之四大顯公沙門也宋公安德太守也路娃人也西州

顯公鍾宋公皷宗道暉屐李洛姬肚

涼武昭時謠

涼武昭王李寧后尹氏謨謀經略多所毗賛西州語曰

李尹王燉煌

丁王諠

顏氏家訓云

丁石號十紙不敵王褒數字

崔生諠

北史崔子約喪母哀瘠骨立人云一

崔九作孝風吹即倒

王氏記

崔沈前漢書曰年舉孝廉遷隴西秋道人以孝爲士六

兄崔琨臨東宮臣從父年謝名入孝經曰●從曰

王謝一門金友玉昆

◎ 謡

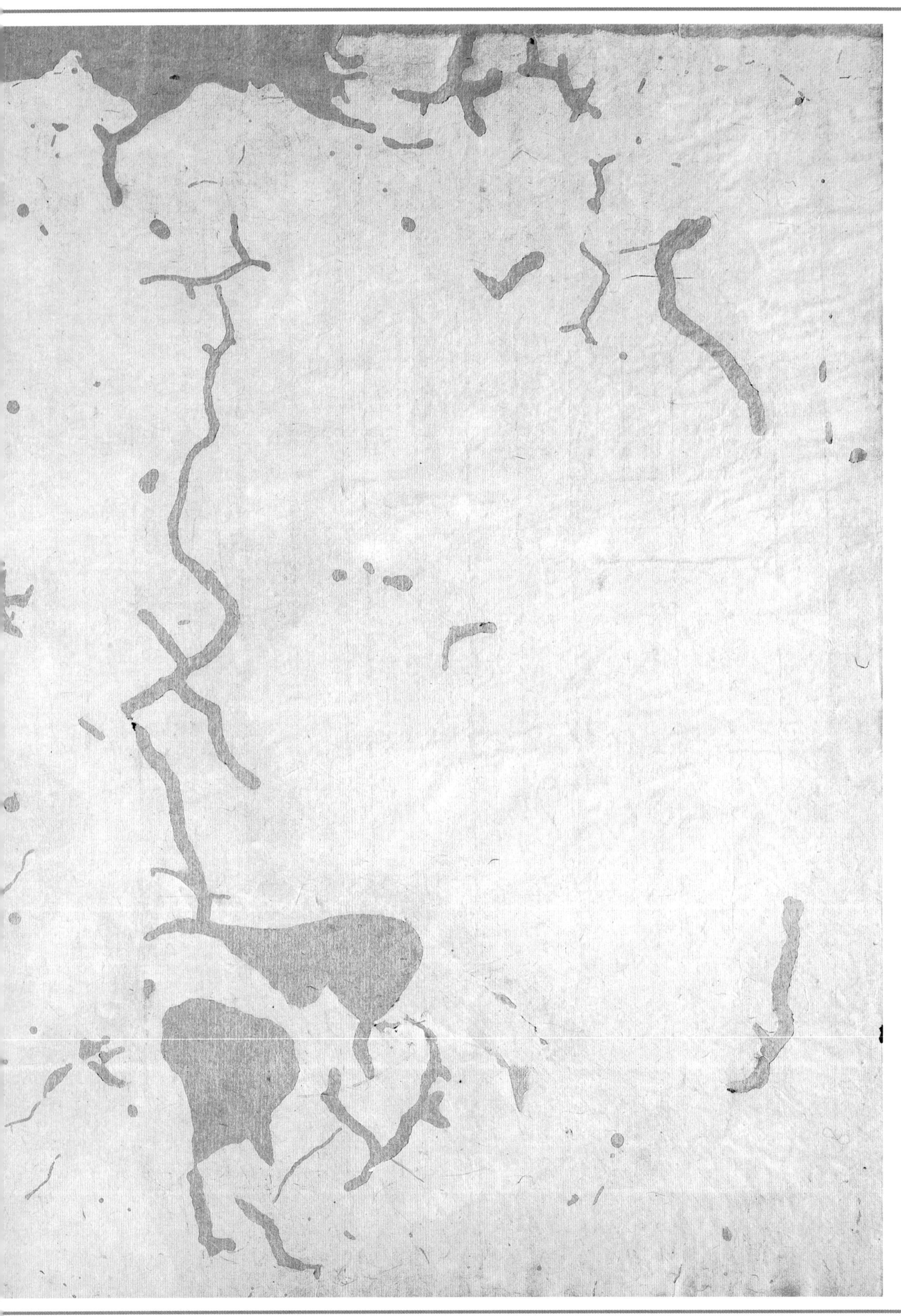

李丈達

李丈趙如人嘗與兼謹記云

李下無蹊徑

崔九作孝風吹即倒

又謠

崔涯前謗端白年譽字嫉意陳兩秋之人文爽爲四句

既嚴臨市處退路色山手謝名以書號曰○謠曰

又謠一門金友玉昆

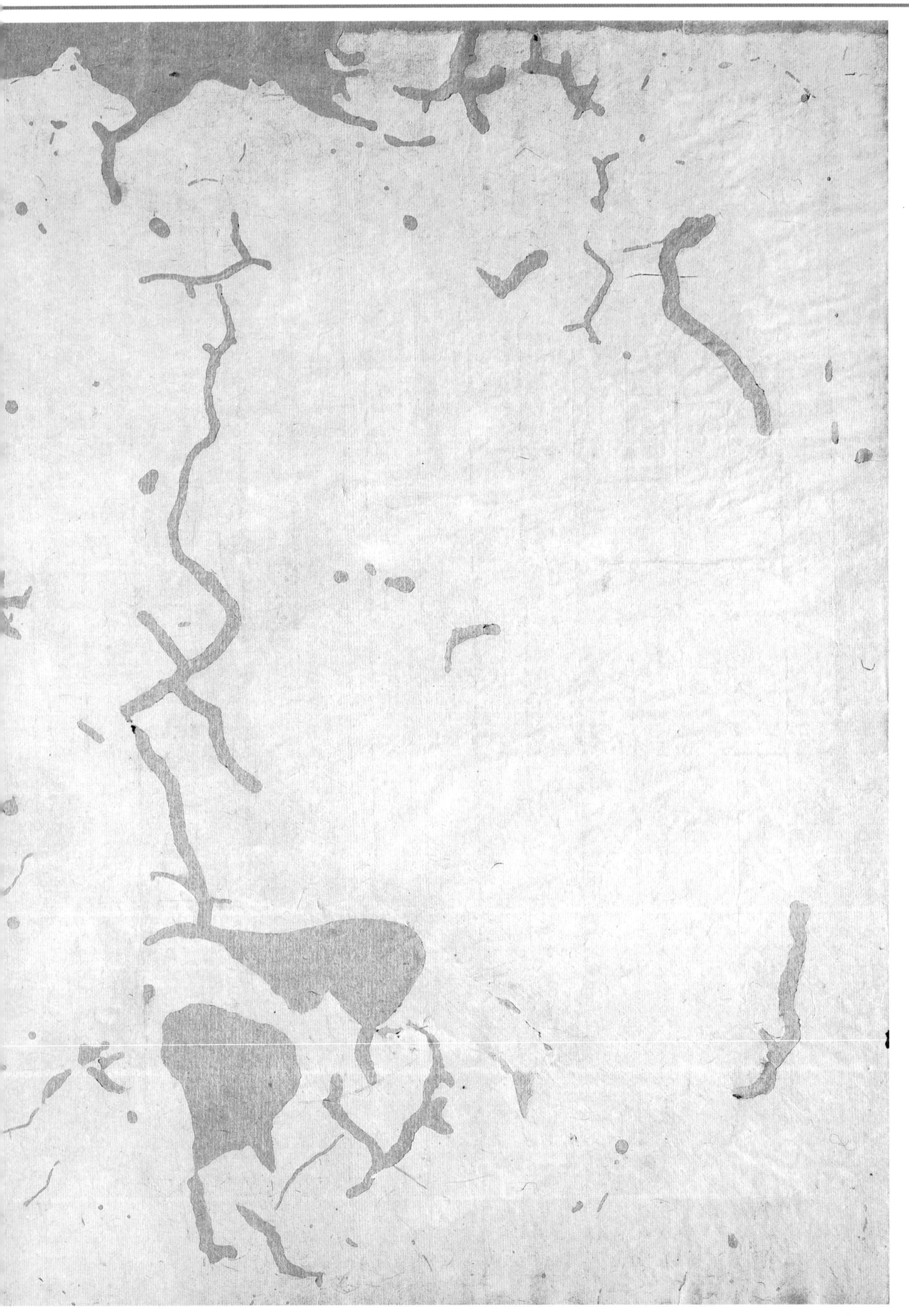

唐謠

太原童謠

太唐創業注開皇童謠云故隋煬帝[illegible]恒服白衣称白衣天子故自江都擬於東[illegible][illegible]徒[illegible]令筆削不傳并以緑書五級木壇自隨以事道之太原甚[illegible][illegible]左謠[illegible][illegible]然也

太原慧化尼謠讖 生蜀郡魏元包

唐起居注云魏先生謂蜀郡魏元嵩也

東海十八子八井喚三軍手提雙白雀頭上戴紫雲

又曰

丁丑語甲子深藏入堂裏何意坐堂裏中央有天子

又曰

西北天火照龍山昭童子赤光連北斗童子木上懸

白旛胡兵紛紜滿前後拍手唱堂堂驅羊向南走

又曰

胡人齊漢不整治中都護有八井

又曰

興五五仁義行武得九九漢聲名童子木底百丈水

東家井裏五色星我語不可從問諸衛先生

唐武德初童謠

舊唐書五行志云竇建德傳建[illegible]

德未敗時有此謠云牛口谷[illegible]

豆入牛口勢不得久軍中

貞觀中高昌國童謠

後大總管侯君集帥師代高昌之

以其地置西州又置安西都衛府

越州謠

賀使仁與先使甚但以辭云[illegible]謠曰

其行可師賀使甚久於賀林、賀使仁

時人謠曰

但服白

得

一般也

謂昌邪魏元嵩也

東海十八子八井喚三軍手提雙白雀頭上戴紫雲

又曰

丁丑語甲子深藏入堂裏何意坐堂裏中央有天子

又曰

西北天火照龍山昭童子赤光連北斗童子木上懸

白旛胡兵紛紜滿前後拍手唱堂堂驅羊向南走

又曰

胡人齊漢不整治中都護有八井

又曰

興五五仁義行武得九九漢聲名童子木底百丈水

東家井裏五色星我語不可從問諸衛先生

唐武德初童謡

舊唐書五行志云竇建德傳建[illegible]城[illegible]之反上向

德未敗時軍中有此謡云牛口至去它[illegible]

豆入牛口勢不得久

貞觀中高昌國童謡

後大總管侯君集帥師代高昌之

以其地置西州又置安西都衛府

高昌兵馬如霜雪漢家兵馬如日月日月照霜雪回首自消滅

高宗永淳初童謠

是歲七月東都大雨人多殍殣

新禾不入箱新麥不入場迨及八九月狗吠空垣牆

永淳中童謠

嵩山凡幾層不畏登不登但恐不得登三度徵兵馬傍道打騰騰

嵩高宗屢欲封禪以嵩歲荒邊警而止永淳中既至山下未及行禮遘疾還宮而崩

永徽末童謠

桑條韋也女時韋也樂 後韋后用事

龍朔中時人飲酒令

子母相去離，連臺拗倒。俗謂杯盤爲子母又名盤爲臺子母去離武后廢帝於房州也

武后時童謡

紅綠複裙長，十里五里聞香。

咸亨以後謡

莫浪語，阿婆嗔，三叔聞時笑殺人。阿婆者則天三叔中宗[illegible]第三也

武后長壽元年民間謡

時選舉太濫，天下有是謡云云。有舉人沈全交，厭而續之曰：糊心存撫使，眯目聖神皇。爲御史紀先知所擒，劾其誹謗之罪。太后笑曰：但使卿輩不濫，何恤人言。先知慙。

補闕連車載，拾遺成斗量。欋槌侍御史，盌脫侍中郎。

齊魯謂四壼把曰欙

中宗神龍以後民謠

山南烏鵲窠，山北金駱駝，鎌何不鑿孔，斧子不施柯。

按山南唐也，烏鵲窠人居寡也；山北胡也，金駱駝虜獲而重載也。

景雲中謠 朝野僉載

一條麻線挽天樞，絶去也。初武后造天樞，後中宗即位，勅令推倒之。

洛州安樂寺童謠

可憐安樂寺，了樹頭懸。舊唐書：安樂公主於洛州造安樂寺，擬於宮掖，巧妙過之。

豆懷貞謠

豆懷貞爲御史大夫，娶韋后乳母王氏爲妻，自稱皇后阿奢。又傳會安樂公主爲僕射，時時人語曰：奢，唐韻音遮，吴人呼父也。

豆僕射，常氏國奢，後作公主邑丞。

景龍中民謡

黄特犢子挽靷斷兩足踏地鞵繻斷城南黄牸犢子常（人皆不著事應又有阿緯娘歌詞亦不傳）

景龍中聖善寺民謡

可憐聖善寺身著緑毛衣牽来河裏飲踏殺鯉魚兒

玄宗在潞州時謡

羊頭山北作朝堂

天寶中童謡

燕燕天上天天上女兒鋪白毡毡上有千錢（天寶十四載安禄山以范陽叛明年僭號燕）

天寶中玄都觀廬間詩妖

燕世人間去函關馬下歸人逢山下鬼環上係羅衣

高宗朝謠

時武后將為左相周興宰為右相之意也將立為左右帝

周逢謠曰

左相宣年伊漢右相把舍乎者

李陽謠

李陽府中依倚其勢諸雜人入其中為飽飯而隨人謂曰

人以公俗所首部當往從入府之耐

白稱皇后阿奢又傳會安樂公主為僕射時

時人語曰奢唐韻

音遮吳人呼父也

豆僕射帝氏國奢後作公主邑丞

景龍中民謡

黄犢子挽紖斷兩足踏地鞵繻斷城南黄牸犢子

常人皆不著事應又有阿緋娘歌詞亦不傳

景龍中聖善寺民謡

可憐聖善寺身著緑毛衣牽来河裏飲踏殺鯉鱼兒

玄宗在潞州時謡

羊頭山北作朝堂

天寶中童謡

燕燕天上天天上女兒鋪白毡毡上有千載天寶十四載安祿山以范陽叛明年僭號燕

天寶中玄都觀廡閒詩妖

燕世人間去函關馬下歸人逢山下鬼環上係羅衣

義髻拋河裏，黃裙逐水流。楊妃外傳

京兆謠

天寶十三載，連雨六十日，宰臣楊國忠惡京兆尹李峴不附己，出為長沙太守。時京師米麦踊貴，百姓謠曰：

欲得米粟賤，無過追李峴。

梁誌公謠讖 其應在唐天寶中，故附於此

両角女子綠衣裳，却背太行邀君王，一止之月必消亡。劉餗隋唐嘉話曰：両角女子，安字也；綠者，祿也；一止，正月也。安祿山果敗。

天寶中幽州童謠

舊來誇戴竿，今日不堪看。但看五月裏，清水河邊見。

契丹

天寶中京兆謠

前尹赫、公尹允若後尹熙、公尹允師

司府謠

屬尹思貞爲司府少卿時侯知一爲司府卿亦嚴暴時人爲之語曰其爲人所服如此

不畏侯卿杖惟畏尹卿筆

張狗兒謠

朝野僉載云唐張獨兒處偷人文章才士製述多偷用之時爲之語曰

活剥張昌齡生吞郭正一

德宗建中初童謠

一隻靴兩頭朱五六月化爲蛆朱泚以建中四年叛明年改號曰漢是歲六月伏誅

真源謠

張廻調真源令士多豪猾大吏華南金恣肆邑中語曰廻下車以法誅之邑中語曰

南金口明府手

[illegible]

京

米

消

舊來諺[illegible]輩今日不堪看但看五月裏清水河邊見

契丹

天寶中京兆謠

前尹赫、公尹允若後尹熙、公尹允師

司府謠

尹思貞為司府少卿時侯知一為司府卿亦厲威嚴時人為之語曰其為人所服如此

不畏侯卿杖惟畏尹卿筆

張狗兒謠

朝野僉載云唐張獨兒愛偷人文章才士製述多偷用之時為之語曰

活剝張昌齡生吞郭正一

德宗建中初童謠

一隻箭兩頭朱五六月化為蛆

朱泚以建中四年叛明年改號曰漢是歲六月伏誅

真源謠

張巡調真源令士多豪猾大吏華南金恣肆邑中語曰卜巡下車以法誅之邑中語曰

南金口明府手

止 德宗時詩訞

此水連涇水雙腓血滿川青牛逐朱虎方見太平年

元和初童謠

打麥麥打三三三舞了也 舊唐書元和十年六月三日武元衡為盜所害之應

本傳曰打麥謂打麥時也麥打謂暗中突擊也

三三三六月三日也既日舞了也謂元衡之卒也

憲宗時童謠

緋衣小兒坦其腹天上有口被驅逐

懿宗咸通七年童謠

草青青被嚴霜鵲始巢復看顛狂

咸通末成都童謠

咸通癸巳出無所之蛇去馬來道路稍開頭無片尾

地無殘灰

僖宗乾符中童謡　後王仙芝反於曹州，黄巢繼之

金色蝦蟆争努眼，翻却曹州天下反

僖宗中和中童謡

黄巢走，泰山東，死在翁家翁　後黄巢入泰山，至狼虎谷，為其甥林言所殺

唐時人語

毋鉛餘録：北齊曹仲連畫人物衣物襞窄，唐吴道子畫衣服飄舉。時人語曰

吴帶當風，曹衣出水

權懷恩楊德幹謡

寧食三斗塵，不逢權懷恩；寧食三斗炭，不逢楊德幹　唐史：權懷恩為萬年令，亦酷刻，與楊德幹齊名，時人語曰

京師謡

語林：唐代宗時元載專權亂國，事以貨成，其黨□表為相，嗜財賄不行，而介僻自專，多失其人，或同列進擬稍繁，則謂之黏伯，於是京師語曰

常分别，元好錢，賢者愚，愚者賢

元載謡

炙手可熱卓李鄭之辟　元載為相事用者八也入因語之

無題

五五伍五五五逾重好海上若海玄黃石之如坂乃昌也九

時書示余士　右……

柳同詩

高陽寺後柳同如杜氣大言清狗……

主月打萬山前几千執……

以入以以比孩甲取名時……

啟之主月大綠黃權景後寺時人語曰

柳同……如雅景一毒

腳……

長安……

飲……

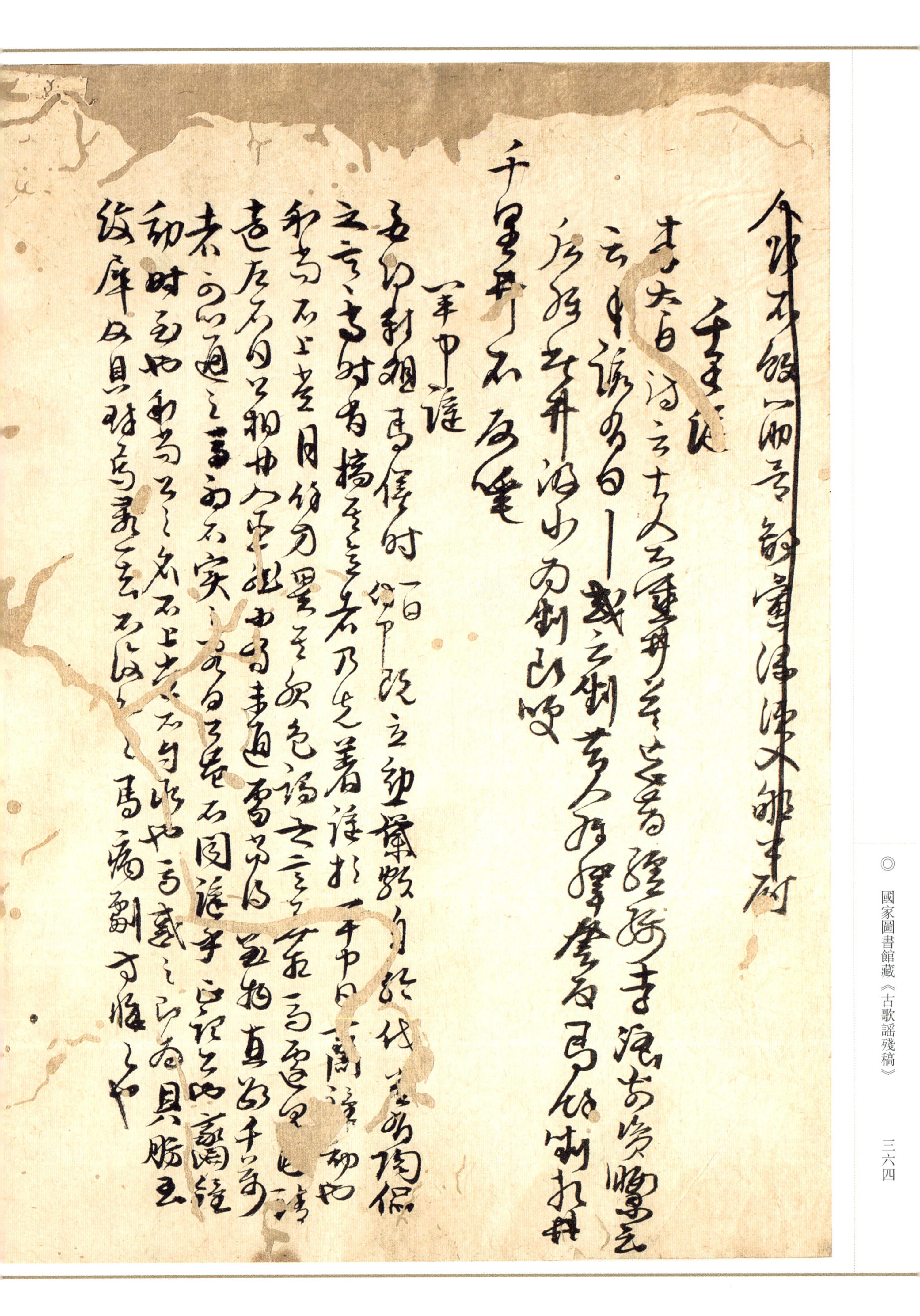

二楊謠

何晏少機警，以技巧事曹爽，爲謀主，封關內侯。楊偉亦有俊才。

青龍之後，晏伯與楊綜。時人謠曰：

世有兩紛台，楊何晏，青楊兩情。

彥陳字陵，柳同少好雅氣，大量清和之士。

主簿荀爲前凡千數，以雅播李，引進曰家滿自輕李。

以入洛，以比類，更取名時，稱曰多才，文書不煩，融一世，

故之主簿大繇，黄擢爲侍郎，時人語曰：

柳同之揚，不如雅量一籌。

郿州謠

長安風謠曰：長安侍御，自公之多詩，時人大笑而絕。

故中語曰

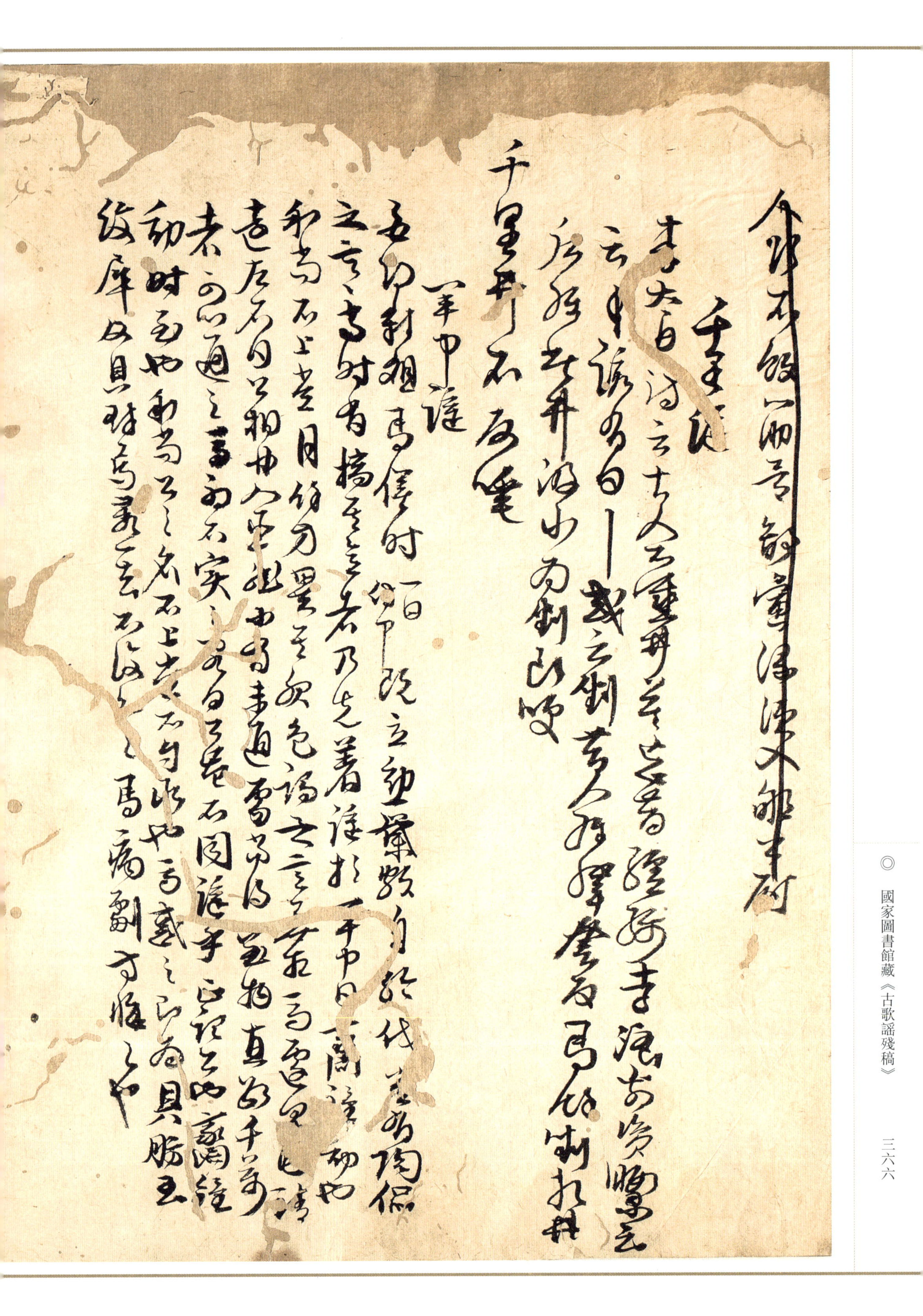

五代謠

梁朱溫蜀山謠 五代史劉知俊初事梁太祖後奔蜀王建雖加寵任然亦忌之常謂近侍曰劉知俊非尓輩能駕馭不如早為之所有嫉之者於閭里作以謠知後色黔丑生樓繩者王氏子孫皆以承宗為名故以此疑忌之遂見殺于成都

黑牛出圈樓繩斷 朝野僉載云黑牛無係絆樓繩一時斷

李後主時江南童謠 南唐近事

索得娘來忘却家後園桃李不生花猪兒狗兒都死盡養得猫兒患赤瘕 娘謂再娶周后猪狗死盡謂戌亥年亦赤瘕目病猫有目病則不能捕鼠謂不見丙子之年也

周廣順初江南伏龜山圮石函鐵銘 其文云惟天監十四年秋八月葬寶公銘背有引云寶公嘗為此偈大書於板曰巾冪之欲讀者必施數錢乃得讀訖即冪之是臣名臣陸陲王鎔姚察而下皆莫知其旨或問之曰在五百年後卒乃

鑄其侶同葬焉

莫問江南事，江南自有懸乘雞登寶位跨犬出金陵

子建司南位安仁秉夜燈東隣家道闕隨遇虎明興其後

李煜降於宋好事者云煜以丁酉年生辛酉年襲位即雞也開寶八年甲戌江南國滅是跨犬也子建曹彬也安仁潘美也其後太平興國戊寅吳越王錢俶舉國入廟即東鄰也家道闕無錢也隨虎戊寅年也

天祐中江南童謠 江南野録

東海鯉魚飛上天 徐知誥冒姓李氏東海徐氏之望鯉其冒姓也

蜀中掃地和尚謠 王建據蜀之後有一僧常[illegible]大帚每過即[illegible]掃人以[illegible]和尚目之掃畢輙寫云云

水行仙怕秦川 其後王衍秦川之禍人方悟水行仙衍字也

周顯德中齊州謠

踏陽春人間二月雨和塵陽春踏盡西風起腸斷人

侍臣謠

梅詢送告於何盛多丁謂四人但為何阨時梅如縣衣紋容江

往歲詢知杜彥鈞云無據降生佐光世在三上首如偏務西鄉丁

其人為如朝所射謗曰

梅香如臭其臭丁疲

□徐三時江南童謠

索得娘来忘却家後園桃李不生花猪児狗児都死

盡養得猫児患赤瘢娘謂再娶周后猪狗死盡謂戌亥年亦赤瘢目痛猫有目病則

不能捕鼠謂不見

丙子之年也

周廣順初江南伏龜山圯石函鐵銘其文云惟天監十四年秋八月葬寶公銘背有引云寶公嘗爲此偈大書於板日巾冪之欲讀者必施數錢乃得讀訖即冪之是臣名臣陸陲王筠姚察而下皆莫知其旨或問之曰在五百年後卒乃

鑄其偈同葬焉

莫問江南事江南自有懸乘雞登寶位跨犬出金陵子建司南位安仁秉夜燈東隣家道闕隨遇虎明興其後

李煜降於宋好事者云煜以丁酉年生辛酉年襲位即雞也開寶八年甲戌江南國滅是跨犬也子建曹彬也安仁潘美也其後太平興國戊寅吴越王錢俶舉國入廟即東鄰也家道闕無錢也隨虎戊寅年也

天祐中江南童謡 江南野録

東海鯉魚飛上天 徐知誥冒姓李氏東海徐氏之望鯉其冒姓也

蜀中掃地和尚謡 王建據蜀之後有一僧[illegible]大帝每過即訊掃人以[illegible]和尚目之掃帚畢瞰寫云云

水行仙怕秦川 其後王衍秦川之禍人方悟水行仙衍字也

周顯德中齊州謡

踏陽春人間二月雨和風陽春踏盡西風起腸斷人

閒白髮人

后唐謡

後唐閔帝翔潞王立諸軍以賞薄怨望謡曰

以閔帝仁弱潞王剛嚴有悔心也

除却生菩薩扶起一條鐵

蜀古謡

蜀楊析孫明為主百姓於蜀自如市時有謡云

嘉眉邛百何人言閬等江表城何人取情果州一品侍

言自西巴蓬涪望何人不惜

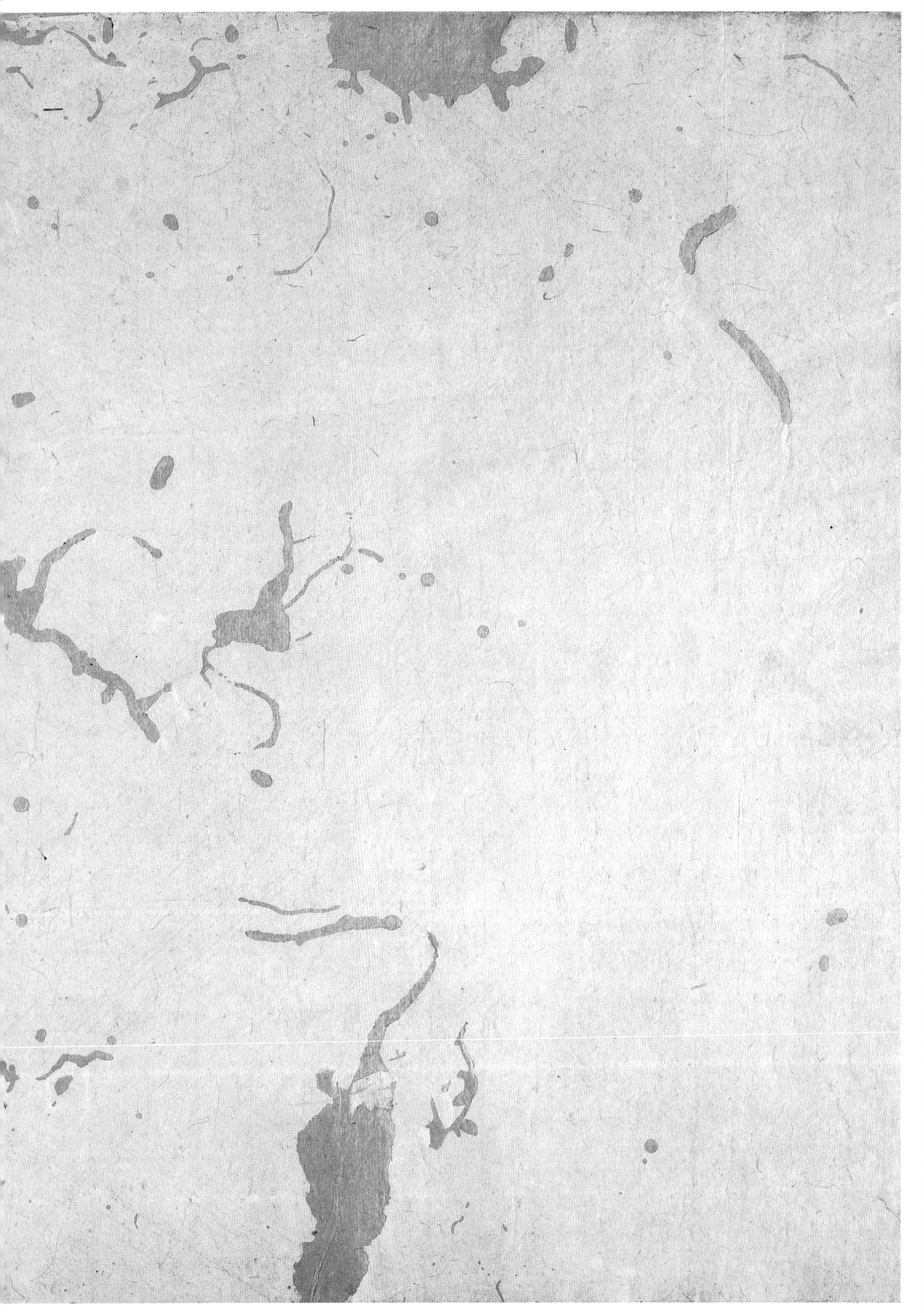

宋謡

宋初五更謡

寒在五更頭宋始終三百十七年顯德庚申受命至德祐庚申凡五庚申是五庚頭也

宋開寶初廣南謡開寶初廣南劉鋹令民家置野水桶號防火大桶民謡云

羊頭三四白天雨至後宋以辛未年二月四日識者以爲宋以火德王分野羊未神也雨者天水趙姓也防與房桶與統同音

真宗時童謡

欲得天下寧須拔眼中丁欲得天下好無如召寇老

皇祐中邕州謡

農家種糴家收時儂智高反宣徽使狄青平之

皇祐中汾河謡東齋紀事

漢似胡兒胡似漢改頭換面總一般只在汾河川子

畔狄青汾河人以平儂智高功爲樞密使疾之者欲
以謠言中傷之范鎮曰此唐太宗殺李君羨上安
肯爲之

元祐中謠

宋四朝國史華直知光化孫
豐稷爲穀城縣令民歌之曰

華化光豐穀城清如水樂如衡

宋元祐中童謠二首

二蔡二惇必定滅門籍没家財禁錮子孫
大惇小惇入地無門大蔡小蔡還他命債

小惇安惇也
見續通說

宋熙寧童謠

禱雨用蜥蜴以其能致雨也宋熙寧間令捕〻
蜥蜴一時無獲多以壁虎代送官民謠云

三則俱七言類稍

壁虎壁虎你好喫苦

宋欽宗時童謡

城門閑言踏閉城門閉言踏閑

宋靖康末市井謡

唱道一聲下階齊脫了紅繍鞋後金人入汴宮驅遂北行

紹興中鼎澧謡

若欲除我除是飛來鼎澧間大盜夏誠劉衡楊么據洞庭湖自云若欲除我除是飛來後爲岳飛所擒

淳熙中梁宋間童謡

黄河災天水来時河決入汴梁宋間有此謡天水者宋姓也遺黎以爲恢復之兆也

宋季白鴈謡

江南若破白鴈来過後元將伯顔平江南

宋吳諧謠　姚孝錫識云

吳諧正永寧時嘗將兵城西門同潘廣工[illegible]

類時有[illegible]之前時只有謠至其後有為之謠曰

[illegible]秋[illegible]同秋風乃無心無手即百年後目左近[illegible]

侯謠

東[illegible]王刹三子為大[illegible]大祝書者以[illegible]三年西

[illegible]氏日秋同閣刹三[illegible]其為天一此為擇境而如之同時有

二印[illegible]信[illegible]刹[illegible]之門人為其[illegible]稅民[illegible]以酒而

肅刹三[illegible]其如[illegible]者家[illegible]為之謠曰

王大祝生前好好信工歌死後休[illegible]

二年謠

宋紹[illegible]元年[illegible]大[illegible]兩我之[illegible]與秦[illegible]同中[illegible]十字

侍講其文以為武[illegible]太學[illegible]之謠曰——[illegible]

二年一王[illegible]之光後有三年後有[illegible]

[illegible]謠

[illegible]文[illegible]云[illegible]謠——[illegible]向[illegible]大

自大[illegible]子[illegible]王[illegible]

洞洞桃河蒼光一以大軍之鼓場

桂林

桂海虞衡志云桂林有古記所在傳稱之曰

奚水發東城雨之[illegible]奥用之 奚水灘[illegible]也

滄秋注

滄秋而又烏之義文 經是郵後里爲各十七

守注識之

玄都紹總欽許指爲高州至太罢地設援所

陳石注

須筆揚可于人隨藏因以陽條州郡城隨承服杖人但以

星影死所好因壞葉隨好因沒葉時人取有

乘用擁致之斗大陳承三[illegible]衣一贈祝

言既注

西陵之義郊以都玄都有邑以高功之次才達之廣[illegible]

我才三大月时擁留高市以人多陵年高之收河[illegible]

亦也見古事記謠曰

如得石能是移我寺　訂云能乃事功

汴起謠

清波雜志云向者黃河歸清識至治亦都人以等此入汴謠云初生而見喜民望深之以

天水歸汴復見太平

永嘉中長安謡　又見三十國春秋

晉書張寔傳：寔，軌之子也。[illegible]涼州刺史。[illegible]都督[illegible]。[illegible]寔遣太府司馬韓璞[illegible]陳安[illegible]隴右[illegible]與劉曜[illegible]。[illegible]秦之人[illegible]中長安謡曰[illegible]至是驗矣。

秦川中，血沒腕一作[illegible]，唯有涼州倚柱觀一作看。

[illegible]師謡

程師孟請於王介甫曰：公文章[illegible]志[illegible]於前[illegible]財[illegible]安國[illegible]早[illegible]於[illegible]為公[illegible]之子[illegible]

程師孟生求速死，張安國死願托生。

[illegible]同時[illegible]為[illegible]王雱死[illegible]於[illegible]不幸未有子[illegible]君[illegible]

[illegible]謡

[illegible]三斗，大[illegible]一[illegible]

[illegible]

[illegible]

京邑兒童爲之語曰
欲得不能見祢衡手　須云能如手切

汴都謠
陸游雜志云向者黄河掃清盡流京都人以爲等
水入汴謠云　汴梁自見書民里澤之以
天水過汴復見太平

太學謠　宋景
程生元符間生因南歌之年有喜入太學中時人語曰——伸秋與人
江左二顧相伸位藻

元謡

元至正中大理童謡

莫道君為山海主山海笑咳咳園中花謝千萬朶别

有明至来

元至正中燕京童謡三首

牽郎郎拽弟弟打破碗見便坐地

陰涼陰涼過河去日頭日頭過山来

角驢班班脚蹴南山南山北斗養活家狗家狗磨麵

二十弓箭上馬琵琶下馬琵琶驢蹄馬蹄縮了一隻

元至正辛卯童謡

皇舅墓門閉運糧向北去水滸墓門開運糧却回来

河間景州有土阜名皇舅墓其後中原大水水退墓崩海運不通

松江謡

至正丙申松江府官號畫爲圓圈繞圈皆大
焰内一府字民間謠丨不二月城破

滿城都是大府官四散躲城裏無一人紅軍四散坐

元末真定童謠

塔兒白北人是主南人客塔兒紅南人來做主人公

元末湖湘中童謠

不怕水中魚只怕岸上豬豬過水見糠止

元末蘇州童謠

黄菜葉西風來便乾折 黄菜葉皆張士誠用事者

元末　謠

輟耕録時稱薛居極
胡桀以其害民

草頭古天下苦

杭城謠 見輟耕録

屈突通、蓋謠

屈突通為左衛將軍弟蓋為長安令皆嚴時人語曰

寧食三斗艾不逢屈突蓋寧食三斗葱不逢屈突通

京師諺

談助云京師諺曰——太宰牛僧孺少宰楊虞卿也

、宰筆少宅一口南北東西何處是

淮南諺

世長彥征泊西梅內一理直有諺云賊[illegible]

廿底一竿竹竹色深、竹斛未肥泥未熟、陳來兜向且

河間景州有土阜名皇舅墓其後

中原大水水退墓崩海運不通

松江謹

至正丙申松江府官號畫爲圓圈繞圈皆大焰内一府字民間謠丨不二月城破

滿城都是大府官四散縣城裏無一人紅軍四散坐

[illegible]

[illegible]

杭州風會撮空好和歹ゝ一宗

又云杭州風一把葱花簇ゝ裏頭空

黃巖謠

輟耕録方國珍台之黃岩人其居有

山在中曰洋嶼嘗有童謠云

洋嶼青出賊精

河南北ゝ童謠云

宋 遠至正十年河南童謠云｜莫道石人一隻眼挑黃

後因得石人一眼而此ゝ謠之言起

石人一隻眼挑動黃河天下反

京師人謠

天下秋ゝ來云

金華沂麥照石揮筆

昌和 近括太宗謠

崑山兩周兩家也元貞兩什兩兩浙十七府城 七十二置 近和

中白沼太宗未翰之先太宗汪只寺碣銘子廼坦生開

民謠裏述的人沒有見過鼠印也沒砍了上民沒謠云——至近同 果約沒到 牽但派

我們家子同人鄉 鄉鄉手 連

黃印底上走御來信不久

大家叔女謠

這話說的是當一片女地禪聯奉先生呼云——是寫海灘牛大

顧多名不是逍遙自到世傳至太公名大得劉捧

牛來了 牛來了 看人跟我去

本朝謠

洪武中童謠

鬍胖長官人不商量解搢奏疏云椎埋嚚悍之夫闒茸下愚之輩朝捎刀鑷暮擁冠裳左棄筐篋右符簪組剔履之賊衮綉巍[illegible]貟販之儔車馬奕赫賢者羞為之等列患習其風流故有官人不商量之謠做官沒盤纏之謗

周顛仙鄉譚常謠洪武中

世間甚麼動得人心只有臙脂胚粉動得婆娘嫂裏人

革除中童謠

烟烟北風吹上天

團團旋窠裡亂北風来便吹散

正統中京師小兒禱雨謠

雨地雨地城隍土地雨若大来謝了土地水東日記云又有群兒環繞一人按月問云正月裡狼来咬羊齊拒之至八月則放狼入尤協後之驗也

正統己巳童謠

牛兒呵莽著黄花地裡倘著你也忙我也忙伸出角来七尺長

清俊小後生青布衫白直身好箇人屈死在鷄兒嶺

天順丁丑童謠

京城老米貴那裏得飯廣鷺鷥冰上走何范廣天順中名將于謙少保肅愍公也未幾范廣死謙遭石亭之患

正德中蜀川童謠時有流賊藍廷瑞鄢老人之變統御非人官軍所過擄掠殘甚於流賊百姓[illegible]之

強賊放火官軍搶火賊不梳我軍来篦我

正德末北京童謠

馬倒不用喂鼓破不用張 馬永成張永谷大用魏彬四宦專權害政後皆廢黜

鼓即谷也燕京之音呼谷為鼓云

嘉靖初童謠

前頭好箇鏡後頭好箇秤鏡也不曾磨秤

嘉靖二年半秋黍磨成麵東街咽瞪眼西街喫磨扇

姐夫若要喫白麵只待明年七月半

太廟香鑪跳午門石獅吽

好羣黑頭蟲一半變蛤蚧一半變人龍

成化間謠

洗鳥御史挑土中書 菽園雜記一進士出入萬閣老門萬病陰痿進士自言善治具藥汁為洗之因得為御史又某妻夫人之姪皇親以門蔭得中舍一日傳旨寧人某自通友某者當得陞有以蔭也通封鍋甚同命啟視

之其人國辭夫人乃強與之共首舊衣於侍下皆書一篇一區
衣下皆士輕士夫人大怒曰絀自激誰我子於戰之論請(事)人
乃令自投其二篇謠云　時人為之語曰一一時同日及者來為俎者

晏子春謠

平國新記云晏子太中自以少傅兼太子太傅以少保兼太子太
傳以太子太保兼尚書右散騎侍史以太子少師少傅少保兼侍可別
御史大理丁通經史每為右僕射兼一卷子尚書右僕射少左
石下二十三十員為右兼部之次僕射兼部尚書部侍史右散
兩省為五句之語來為甚於
時時語為時語曰

滿朝綠緋傳一部兩省尚書付正部侍史爲以

民間中無謠語
　　　　　　　平國雜記云
宣宗十五年同病云深沒自春少無差見右字者是照
丁福得楊之語敵計於之何云是字之位請以出何
文書之上得夫其書申生每身新新歸尚書計為申加
太子少傅人為之語云

而學得為書中無問等二言云

雲中謠

蘇舜澤道旃瑣語云大同地極高寒秋月恒雨雪冬月唾至地已成冰謂之雲中西山名紇干語云言簡意乞與小麦青大麦枯誰其獲者婦與姑丈夫何在西擊胡聲調何異茲不足以備樂初之選乎惜在充明末之見也

紇干山頭凍死雀何不飛去生處樂

中吴謠

七脩類稿蘇城有集福菴在尚書吴䖍菴之北知州施膚菴之西弘治中詔毀淫祠有司屬䖍菴膚菴亦辭嘉靖初又有詔毀知府伍疇中與都御史毛貞甫爭佃謠遂云云

昔日吴與施官送猶遜辭今日毛與伍訐告到官府

華林謠

正德間江西華林賊洞反都御史陳金檄田州土官岑猛從征猛兵沿途劉掠民皆村村

避之爲之諺曰

土兵諺

華林賊來亦得土兵來死不測黃狐跳梁白狐立十家九家邏柴棘

播凱諺

骨肉轉醢參商播凱 播州凱里

潯州諺

先是斷藤峽韓雍征後寧謐三十餘年正德間遺孽漸蔓而峽以南尤甚都御史陳金令商船渡峽課魚鹽給諸蠻人水滸[illegible]稍疏金遂諸名曰永通峽未幾諸[illegible]求稍不愜即殺掠商人于是潯州人爲之語曰

昔永通今求通求不獲葬江中誰其作者噫陳公

水西諺

貴州安宣慰見田子行邊紀聞

水西羅鬼斷頭掉尾

土官諢

思播田楊兩廣岑黄（思州田琛 播州楊鏗 田州岑猛 那地州黄仲金 言大姓也）

京師諺

六曹多擬於西臺參擬於六部諸吏何所不借[illegible]

右言[illegible]名已故諺云

侍御如石而副而不如分而

科衣道袍補林方

西方帕幞消裹一兩[illegible]諺原一兩[illegible]

京諸多師諺

故事四品以上前引以棍後引以杭[illegible]諺序前掛書簽

[illegible]

工部營繕司中以工程多陞[illegible]大[illegible]太僕少卿

外諺曰——[illegible]又[illegible]回品[illegible]到[illegible]後一二杭

又諺曰——

馬前双白没方稀同黄發上石

堂不堂石亦石细里量真正惶

嘉靖中秦太學吏翔日永嚴滕祥日即授繩之白虫曰

内良學子争是廣勞藉之矣多有以爲时人语曰

吏太學田牢子騰太學田白高太學田秋子女嫱瓦

嘉靖間姓桂用事德俾陸秋借生之手段

社去位而代者夏長王有一張雷以者亦卑滿論

百計務困以求必勝挌書之得以求名論攻詞於太

得有似於權之有終貴乙哀於宫之概之门

以後之爲没有一通没禍甚人而之李

上黄之叔都亦语曰——

潜

嗅指檀 李陈经以为黄

嘉靖甲辰會試 瞿諸暖 求卷 考試子汝孝汝稔皆中式

祖諸孫澤署為御史彈以迎季陳人之適甲

科發交論僕石蹇之哉

新讀六書書一卷黃老 趙道諧 輸帶十番士五箇白丁

科衣道了脫帶方

面方帕只淸女一班何以說原一兩新酒鄉頭

末請王阿蓮

故甲回呈桌上前引衆服後了抗無以說原前掛書籍

起交案左後 九角工完一時稱說仗衍節以設板衍

工部一營鋪裝衣中心了工程多陛百道攻南王大尊太保少卿等

琳請曰——末告衣文書歸回呈與色前到取觀覽後了抗

又請白——

馬前奴ゝ為波方須同黄貧工為
豈不生為不為細里量輿上惺
義謂中菓大足麦稲同来厳膝釋日即接膝之而生日
内良足手者剪轄之矣亦有此句时人語曰
麦太足田宰子膝大足田与高太足田前子女隋瓦
義謂用毎間妹桂日事纏紳陛稱皆生年手後
社去任而代去乎長王有一紙雪以者於卓滿漏
呑剣録閉以未名縁指未之詩以於各論改翔於名
詩有叫於撲又有登費乏哀於宮ゝ魏之門[illegible]
以侯之尿後有一通改裱其人為之孝
以貴之切都ゝ語曰
潜
嗟指擲 奎陸紀須為黄
義謂甲良会試子汝孝汝徐皆中式歟
知結珠薄署為衛嚶以迎来陳人為
科貧交論傳石塞之ゝ戯

◎ 謡

引蒙注

南風謠

南風為我袪紅塵長　見蘇之秋通論摭言

山西謠

大同婆姨蔚州城墻宣府教場朔州營房

魯王之謠　見吳人沈德符野獲編

魯王太祖第十子荒淫好色自取敗亡郡邸所有

歲入不貲甲於天下初之王封出以為對人謂云

魯府諸物城墻

平江謠　見隆文靖公外集

平江伯陳瑄為欽差總河漕運謠曰——說他唐甲

其智術也甚大國無不節長傳子孫嘗窺我也

孝宗帝平江堅又脩科擇印平江畏性強而失所意新

語

平江不飲無恆情大節腿

滿目字泰同謡

郡皆如份一郎商尚書付京都心吏多心境山林

深澤字筆記昌泰同不爲太子不爰自宰之悦

王下一時公差太守時人謡曰

今新運揚帚了太守白土拂出了力以是

去年表拂了

民代同謡

同郡東鄉土杜乳釋之字渤深澤杜北備　大相安

孫之白渤海手東郡勇　瓦澤原

漢諺語　[illegible]

楚人諺

漢書曰季布爲任俠有名楚人諺曰

得黄金百不如得季布諾

逐彈丸

西京雜記曰韓嫣好彈以金爲丸一日所失者十餘長安爲之語曰丨丨京師兒童每聞嫣出彈輒隨之望丸所落便拾取焉

苦饑寒逐彈丸

紫宮諺

漢書曰李延年善歌能爲新聲與女弟俱幸武帝時人語曰

一雌復一雄雙飛入紫宮

路温舒引諺

初孝武之世張湯起爲之屬條定法令
禁網寖密宣帝時廷尉史路温舒上書
畫地爲獄議不入刻木爲吏期不對

崔寔引里語

政論曰每詔書所欲禁絶雖重懇惻罵
詈極筆猶復廢捨終無悛意故里語曰
州郡記如霹靂得詔書但掛壁

東家棗

漢書曰王吉少時居長安其東家有棗樹垂
吉庭中吉婦取以啖吉吉知而去婦東家聞
欲伐其樹鄰里止之因請吉還
丨丨吉字子陽琅琊皋虞人昭
諫大
夫
東家棗樹　王陽婦去東家棗完去婦復還

鄒魯諺

漢書曰韋賢少子玄成復以明
經歷位至丞相故鄒魯諺曰

遺子黃金滿籯不如一經

諸葛豐

漢書曰諸葛豐元帝擢為司隸校尉刺舉無所避京師語曰

間何闊逢諸葛

三王

漢書曰成帝時王吉子駿為京兆尹試以政事先是京兆有趙廣漢張敞王尊王章至駿皆有能名故京師稱曰

前有趙張後有三王

五鹿

漢書曰少府五鹿充宗貴幸為梁丘易元帝好之欲考其異同令與諸易家論充宗辯口諸儒莫能抗有薦朱雲者召入攝齊登堂抗首而請音動左右故諸儒為之語曰

五鹿嶽嶽朱雲折其角

谷樓

漢書曰樓護字君卿精辯論議常依名節聽之者皆竦與谷永俱為五侯上客長安號曰丨丨言具見信用也

谷子雲筆札樓君卿喉舌

張文

漢書曰成帝為太子及即位以張禹論語為師以上難數對以問經為論語章句獻之諸儒為之語曰丨丨由是學者多從張氏餘家寖微

本欲為論念張文

楊伯起

東觀漢紀曰楊震少學受歐陽尚書於太常桓郁經明博覽無不窮究諸儒為之語曰

關西孔子楊伯起

憒如屋

莽頭禿幘如屋

蔡邕獨斷曰古幘無巾王莽頭禿乃始施巾故語曰

投閣

漢書曰王莽篡位後復上符命者莽誅豐[illegible]楊雄校書天祿閣使者欲收雄自投幾死京師爲之語曰

惟寂惟莫自投于閣爰清爰静無作符命

杜陵蔣翁

嵇康高士傳曰蔣詡字元卿杜陵人爲兗州刺史王莽爲宰衡詡奏事到灞上稱病不進歸杜陵荆棘塞門舍中三逕終身不出時人諺曰

楚國二龔不如杜陵蔣翁

竈下養

東觀漢紀曰更始在長安中爲之語曰

竈下養中郎將爛羊胃騎都尉爛羊頭關內侯

南陽諺

後漢書南陽太守杜詩政治清平百姓便之又修治陂池廣拓土田郡內比室殿足時人以方召信臣南陽爲之語曰

前有召父後有杜母

戴侍中

謝承後漢書曰戴憑徵博士詔公卿大會群臣皆就席憑獨立世祖問其意對曰博士說經皆不如臣而坐居臣上是以[illegible]令與諸儒難說帝善之後正旦[illegible]說經更相難詰義有不通輒奪[illegible]通者憑遂重坐五十餘席故京師語曰

解經不窮戴侍中 一曰說不窮戴侍中

井大春

嵇康高士傳曰井丹字大春扶風郿人博學高論京師爲之語曰

五経紛綸井大春

劉太常

華嶠後漢書曰劉愷爲太常論議常引正大義諸儒爲之語曰

難経伉伉劉太常

楊子行

續漢書曰楊政字子行少好學京師語曰

説経鏗鏗楊子行

許叔重

續漢書曰許慎字叔重性淳篤少慱學経藉馬融常推敬之時人爲之語曰

五経無雙許叔重

馮仲文

三輔决録曰馮豹字仲文後母遇之甚酷豹事之愈謹時人爲之語

道德彬彬馮仲文

江夏黃童

後漢黃香字文彊江夏人傳學經典究精道術京師號曰

天下無雙江夏黃童

白眉

襄陽耆舊傳曰蜀馬良字季城宜城人也兄弟五人並有才名鄉里為之諺良眉中有白毛故以稱之

馬氏五常白眉最良

魯國孔氏

孔叢子曰子和二子長曰長彥次曰季彥甘貧味道研精墳典十餘年間會徒數百故時人為之語曰

魯國孔氏好讀經兄弟講誦皆可聽學士來者有聲

名不過孔氏那得成

胡伯始

太傅胡廣周流四方三十餘年歷仕六帝禮任極優練達故事胡解朝章雖無謇謇直言之風屢有補闕之益故京師諺曰

萬事不理問伯始天下中庸有胡公道[illegible]伯[illegible]

避驄

後漢書曰桓典字公雅靈帝時爲侍御史是時宦官秉政典執正無所廻避乘常驄馬京師畏憚爲之語曰

行行且止避驄馬御史

考城諺

後漢書曰仇覽字季智一名香陳留考城人爲蒲亭長初到亭有陳元之母詣覽告元不孝覽以善言勸慰之母聞感悔涕泣而去覽乃親到元家與其母子飲因爲陳人倫孝行

譬以禍福元卒成孝子鄉邑爲之諺曰

父母何在在我庭化我鳲梟哺所生

朱伯厚

後漢書曰朱震字伯厚爲州從事奏濟陰太守單贓罪之數諺曰

車如雞栖馬如狗疾如風朱伯厚

太常妻

應劭漢官曰北海周澤爲太常恒齋其妻憐其年老疲病窺内問之澤大怒以爲干齋掾吏扣頭爭之不聽遂收送詔獄并自劾論者非其激發諺曰

居世（代一作）不諧爲太常妻一歲三百六十十九日齋一日不齋醉如泥既作事復低迷

縫掖

自此至作奏語並見太平御覽其中有世代不詳者御覽雜置漢人中俟再考訂

續漢書曰皇甫規安定鄉人有以貨買鴈門太守者亦還家書刺謁規規卧不迎有頃曰

王符在門規驚遽而起屣
履出迎時人為之語曰

徒見二千石不如一縫掖

荀氏八龍

續漢書曰荀爽字慈明幼而好學[illegible]
書慶弔不行徵命不應潁川為[illegible]

荀氏八龍慈明無雙

公沙六龍

袁山松後漢書曰公沙
穆有六子時人號曰

公沙六龍天下無雙

帳下壯士

江表傳曰典為容貌魁傑名冠三軍其
所持手戟長幾一尋軍中為之語曰

帳下壯士有典君手把雙戟八十斤

郭君

江表傳曰郭典字君業為鉅鹿太守與中郎
將董卓攻黃巾賊張寶於曲陽典作圍塹卓

不肯典獨於西當賊之衝晝夜進攻
寶由是城守不敢出時人為之語曰

郭君圍塹董將不許幾令狐狸化為豺虎賴我郭君
不畏強禦轉機之間敵為窮虜猗猗惠君寶完疆土

柳伯騫

江表傳曰柳琮字伯騫所拔進皆
為時所稱致位牧守鄉里為諺曰

得黃金一笥不如為柳伯騫所識

繆文雅

皇甫謐達士傳曰繆斐字文雅
踵六博士以經行修明學士和
之語
曰

素車白馬繆文雅

許偉君

陳留風俗傳曰許晏字偉君授魯詩於瑯琊
王改學曰許氏章句列在儒林故諺曰

殿上成群許偉君

王君公

語林曰王君公遭亂不去儈牛自隱時人爲之語曰

避世墻東王君公

高士傳曰君公明易爲[illegible]不用免歸詐狂儈牛

時人語

曹操別傳曰呂布驍勇且有駿馬時人爲之語曰

人中有呂布馬中有赤兔

相里諺

文士傳曰留侯七世孫張讃字子卿初居吴縣相人里時人諺曰

相里張多賢良積善應子孫昌

袁文開

英雄記曰袁紹父成字文開貴盛自梁冀以下皆與交言無不從京師諺曰

事不諧諧文聞

五門

三輔決録曰五門子孫凡民之五門今在河南西四十里澗穀洛三水之交傳聞馬氏兄弟五人共居此地作五門客舍因以為名主養豬賣豚故民為之語曰

苑中三公館下二卿五門嚾嚾但聞豚聲

賈偉節

三輔決録曰賈彪兄弟三人並有高名決彪最優故天下稱曰

賈氏三虎偉節最怒

作奏

邯鄲氏笑林曰桓帝時有人辟公府掾者倩人作奏記文人不能為作因語曰梁國葛龔者先善為記文自可為用不煩更作遂從人言寫記文不去龔名姓府公大驚不荅而罷歸故時人語曰

作奏雖工宜去葛龔

李鱗甲

江表傳曰諸葛亮表都尉李嚴嚴少為郡職吏用性深剋苟利其身鄉里為嚴諺曰

難可狎李鱗甲

諸葛諺

晉漢春秋曰諸葛亮卒楊儀整軍而出宣王不逼百姓諺曰

死諸葛走生仲達

吳諺

時人語

高僧傳曰孫權已制江左而佛教未行有支謙者本月支人來遊漢境傳覽經籍莫不精究遍學異書通六國語其為人細[illegible]黑瘦眼多白而睛黄時人為之[illegible]

支郎眼中黄形軀雖細是智囊

廣陵諺

張勃吳録曰陸稠字伯嬴為廣陵太守姦吏斂手廣陵諺曰

鮮[illegible]

孫皓時詩妖

孫皓遣使者祭石印山下妖祠使者因以丹書巖曰丨丨皓聞之曰從太皇帝至朕四世太平之主非朕復誰恣虐逾甚尋以降亡近詩妖也

楚九州渚吳九州都揚州士作天子四世治太平矣

晋謗語

石仲容

晋書曰石苞字仲容渤海南皮人也雅曠有知局容儀偉麗不脩小節故時人為之語曰

石仲容姣無雙

渤海

晋書曰歐陽建字堅石世為冀方右族有理思才藻美贍擅名北州時人為之語曰

渤海赫赫歐陽堅石

晋書曰趙王倫僭位諸黨皆登卿相並列大封其餘同謀者咸超階越序不可勝紀至於奴卒廝役亦加爵位每朝會貂蟬盈坐時人諺曰

貂不足狗尾續

四部司馬

魏略曰成都王穎伐長沙王乂募免奴爲軍
自稱四部司馬市郭人素謬語奴爲尚故里
語曰

三部司馬階下兵四部司馬尚長明欲知太平須石
鼈鳴

嶷然稀言江應元

晉書曰江統字應元陳留圉人
也靜默有遠志時人爲之語曰

二王

晉書羊祜傳曰云王衍嘗詣祜陳
辨祜不然之衍拂衣而起祜顧謂賓客曰
夷甫方以盛名處大位然敗俗傷化必此人
也步闡之役祜以軍法將斬王戎故戎衍並
憾之每言論多毀
祜時人爲之語曰

二王當國羊公無德

衛玠

晉書曰瑯琊王澄有高名少所推服每聞衛玠言輒歎息絶倒故時人爲之語曰

衛玠談道平子絶倒

慶孫越石

晉書曰劉輿字慶孫儁朗有[illegible]尚書郭奕之甥名著當時京都

洛中奕奕慶孫越石

洛中謗三首

[illegible]曰劉粹字純[illegible]

[illegible]兄

亨師 也吏之 [illegible]師為

晋書曰王坦之字文度弱冠與郗
重名時人爲之語曰｜｜嘉賓超少

盛德絶倫郗嘉賓江東獨步王文度

同前

續晋陽秋曰超少有才氣越世
不循常檢爲一代盛譽時人語曰

大才槃槃謝家安江東獨步王文度盛德日新郗嘉
賓一作揚州獨步王文
度後來出人郗嘉賓

王僧琜

晉書曰王珉字季琰少有才藝善行書與兄珣並有名聲出珣右故時人為之語曰

法護非不佳僧珎難為兄僧珎珉小字也

五楼

晉書載記曰慕容越時公孫五[illegible]書專總朝政王公內外無不[illegible]史王儼諂事五楼遷尚書郎[illegible]太守入為尚書左丞時人為之[illegible]

欲得侯事五楼

二梁

[illegible]梁讜字伯言博學有雋才與[illegible]一時人為之[illegible]

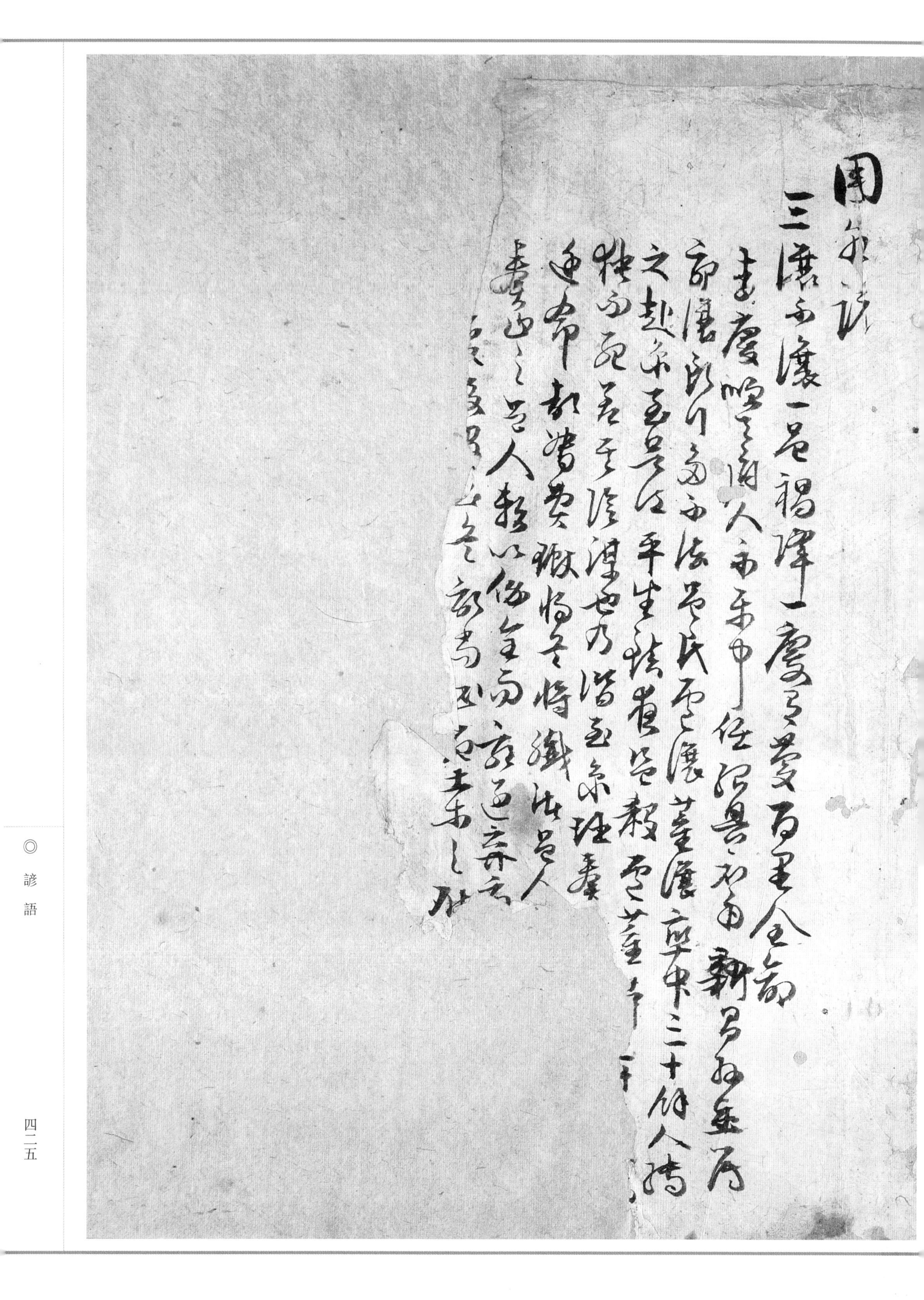

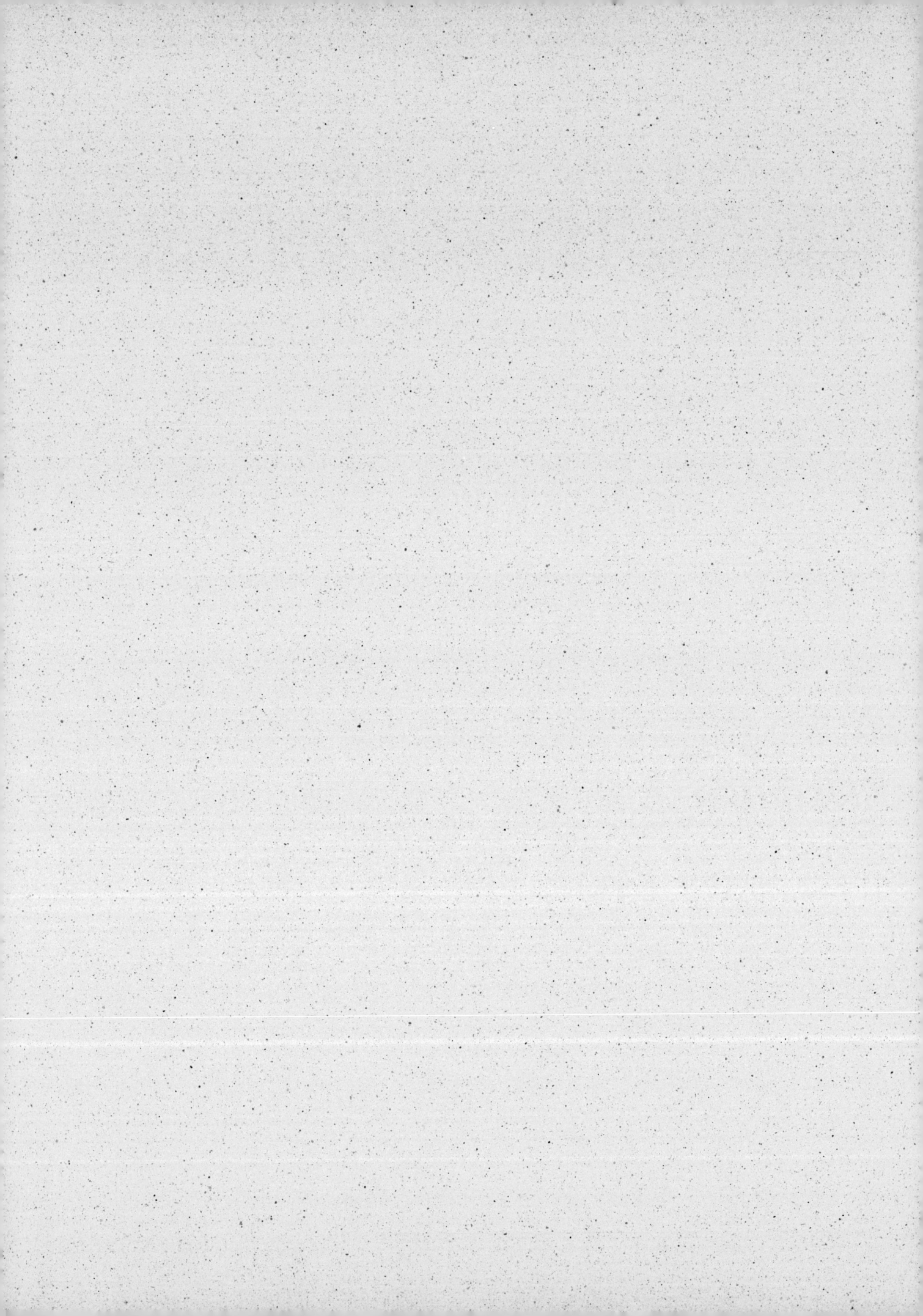